# Impressum

© 2008 Stephan Timmermann
Pantok – Reise auf die Insel des Grauens

Herstellung und Verlag: Books on Demand
GmbH, Norderstedt


ISBN: 9783837059595

# Vorwort

Liebe Leser. Dies ist mein erstes Buchprojekt. Ich habe viel Zeit investiert und hatte eine Menge Spaß. Ich hoffe, dass Ihnen mein Buch gefällt, trotz meiner Unerfahrenheit.
Ich persönlich bin mit meiner Arbeit zufrieden. Aller Anfang ist halt schwer.

Ich wünsche Ihnen viel Spaß beim Lesen und möchte mich bei zwei Menschen für die Unterstützung bedanken.

Bei meiner Verlobten Stefanie Blum, die meine Zicken und die ständige Abwesenheit duldete und die für mich Korrektur gelesen hat.

Und bei meinem Bruder, Barry Timmermann. Auch er hat Korrektur gelesen und musste mein Generve ertragen.

Vielen Dank euch beiden und auch Ihnen, die mein Buch gekauft haben.

# 1.

Joe Miller öffnete verschlafen seine Augen und sah verwirrt um sich.

*Wo bin ich?*, fragte er sich.

Gut siebzig Leute saßen mit ihm in einem Raum, der
sehr schmal, recht lang und nicht gerade sehr hoch gebaut war.

Links und rechts gab es Sitzreihen, mit jeweils drei
Plätzen. Die Reihen erstreckten sich vom Anfang bis
zum Ende des Raumes und wurden durch einen
schmalen Gang in der Mitte getrennt, der gerade mal so
breit war, dass eine Person ihn nutzen konnte. Die Luft
dort drinnen war nicht die aller Beste und laute,
brummende Geräusche, drangen durch die Wände.

Zudem schien es Joe so, als würde sich der Raum
vorwärts bewegen.

Nach langem hin und her überlegen, stellte er fest, dass
ihm dieser Raum zwar irgendwie bekannt vor kam, er
ihn jedoch nicht zuordnen konnte.

Eine nett angezogene Frau ging den Gang hinab. Sie trug
einen Gelben Rock, der bis über die Knie ging, eine
weiße Bluse und eine Art gelbe Weste, die mit der Aufschrift "High Airline". Bestickt war

*Na klar, ich Tölpel.*

Nun wurde es Joe klar.

Joe saß in einem Flugzeug. Er selbst kannte sie nur aus
dem Fernsehen, da er bisher weder die Mittel noch den
Mut hatte, eine Reise zu machen.

Noch Leicht betrunken vom Schlaf, fragte sich Joe, wie er denn hierher gekommen ist und vor allem, wo es hinging.

Er konnte sich im Augenblick einfach nicht daran erinnern.

Joe selbst saß auf der linken Seite, ziemlich weit hinten am Mittelgang. Er ließ seinen Blick nach links schweifen und sah einen älteren Herren am Fensterplatz sitzen, der apathisch nach vorne guckte. Der Sitzplatz zwischen ihnen war frei. Joe drehte seinen Kopf in dieselbe Richtung, in die der ältere Mann seine Augen platzierte und stellte den Grund fest.

Er sah auf einen Monitor. Es liefen dort kleine Filme, die den Flug angenehmer machen sollten.

»Entschuldigen Sie bitte, wohin geht dieser Flug?«, fragte Joe den älteren Mann.

Dieser drehte sich leicht genervt zur Seite und sah ihn mit aufgerissenen Augen an.

»Sie wollen mir doch jetzt nicht erzählen, dass sie nicht genau wissen, wo wir hinfliegen. Schon komisch, dass sollten sie aber eigentlich wissen, schließlich haben sie doch sicherlich diesen Flug gebucht.«

»Ja, in gewisser Weise schon aber …«

»Also hören sie zu. Wir fliegen nach München und wer dann wohin fliegt oder geht, weiß ich auch nicht. Verstanden?«

»Ähm … ja danke.«

Ohne zu zögern, drehte sich der ältere Mann wieder weg und sah sich weiter das Fernsehprogramm an..

*Was für ein Miesepeter. Wenn das seine Gute Laune ist, dann will ich nicht wissen wie er drauf ist, wenn er einen schlechten Tag hat.*

Dank dem Mann, der Joes Gedächtnis auf die Sprünge half, erinnerte er sich wieder an alles und lies es kurz Revue passieren.

Er hatte diese Reise nach Pantok in einem Preisausschreiben gewonnen, startete von Bremen aus, landet in München und fliegt von dort aus weiter nach Pantok. Da dies der aller erste Flug in seinem Leben war und tierische Panik bekam, als er sich auf seinen Platz setzte und das Flugzeug für den Start bereit war, bat er die Stewardess, ihm ein Beruhigungsmittel zu geben.

Er bekam von ihr eine Tablette, die schnell ihre Wirkung zeigte. Joe wurde ruhiger und zugleich ziemlich Müde.

Er hatte den ganzen Start verschlafen und wachte erst eine halbe Stunde später wieder auf. Noch immer spürte er die Nachwirkungen der Tablette, die ihn so kaputt machte.

Joe fühlte sich auf dem Flug einsam, genau wie in seinen bisherigen Leben. Niemand wollte was mit ihm zutun haben, genau wie der ältere Herr neben ihm.

Noch vor der Reise hatte er die Hoffnung, dass er Menschen kennenlernen würde, die ihn mochten und Akzeptierten. Doch es schien schwer zu werden, was Joes Freude auf die Reise verringerte.

## 2.

Von seiner Kindheit an, war Joe ein Einzelgänger. Er gehörte zu den Kindern, auf denen alle rumhackten und ihre Späße trieben. Sei es, dass man ihm ein Bein stellte und er kopfüber im Dreck landete oder mit dem Kopf voran in die Toilette stopfte und mehrmals Spülte. Von allem war etwas dabei gewesen.

Joe wurde dadurch ein sehr schüchterner Junge, der sich aus allem raushielt und versuchte, so wenig wie möglich aufzufallen, was nicht sehr leicht war. Die Schüler waren so auf ihn eingeschossen, dass er keine ruhige Minute mehr vor ihnen hatte.

Selbst wenn sie Referate hielten, stand immer Joe im Mittelpunkt des Affenhauses, wie er es bezeichnete. Nur verrückte Menschen waren dort vertreten und führten sich auf wie im Zoo.

Er konnte sich noch soviel Mühe geben, den Klassenkameraden keine vorlagen zu bieten, aber ohne Erfolg. Nur beim kleinsten Versprecher oder einem zweideutigen Wort, begannen die Schüler zu lachen und ihre Witze auf seine Kosten zu reißen.

Es schmerzte ihn immer wieder. Kein Freund zum ausheulen, zum reden oder die Freizeit zu verbringen.

Auch in den folgenden Schuljahren, änderte sich nicht wirklich was, selbst an anderen Schulen nicht. Klar, die Scherze und Streiche wurden mit den Jahren anspruchsvoller, da sie alle älter wurden, aber noch immer war Joe für alle die Schießbudenfigur.

Er hatte das Gefühl, dass es von Jahr zu Jahr schlimmer wurde und freute sich auf seinen Schulabschluss.

Endlich wäre er diese Idioten los und würde einen Neuanfang im Berufsleben machen.

Doch selbst nachdem er die Schule mit einem recht guten Abschluss verließ, gingen seine Probleme weiter.

Es war für ihn sehr schwer, eine Ausbildungsstelle zu bekommen, aufgrund seiner zurückhaltenden Art. Zwar wurde er zu einigen Vorstellungsgesprächen geladen, konnte aber nie seinen Potenziellen Arbeitgeber, davon von überzeugen, dass er der richtige sei.

Einige Zeit verging und Joe bekam dann doch seine Chance und begann seine Ausbildung zum Bürokauf-mann. Doch selbst dort ging der ärger weiter. Er wurde in der Firma gemoppt und in der Berufsschule verarscht was das Zeug hielt, aber was sollte er machen.

Wie auch früher, ließ er es über sich ergehen. Schließlich wollte er seinen Ausbildungsplatz nicht riskieren, viel zu lange hatte er darauf gewartet.

Also schlug er sich durch die drei Jahre, machte seinen Berufsabschluss und war dann auch das Problem los, in der Hoffnung, dass er wenigstens sein Berufsleben ge-nießen könne.

Aber es kam wieder mal anders. Wieder bewarb er sich, wurde zu diversen Vorstellungsgesprächen eingeladen und vergeigte es.

Es sollte über ein Jahr dauern, als er dann seine erste Einstellung auf Zeit bekam.

Geplant war ein Jahr mit dreimonatiger Probezeit und Chance auf Übernahme. Doch Joe hielt gerade mal die Probezeit durch und Kündigte von sich aus.

Je älter sie wurden, desto schlimmer und schmerzvoller, wurden ihre Attacken gegen ihn.

Er war am Boden zerstört, schrieb keine Bewerbung mehr und schloss sich in seiner Wohnung ein.

Er lebte in Delmenhorst, in einer zwei Zimmer Wohnung mit ca. fünfzig Quadratmeter.

Seine Einkaufstouren, wurden für ihn zur Qual. Er hatte das Gefühl, jeder würde ihn beobachten und jede Sekunde könnte ein Streich kommen und ihn wieder einmal bloß stellen.

Es wurde immer schlimmer mit ihm und er erwischte sich einige Male dabei, wie er sein Leben beenden wollte, konnte sich allerdings immer selbst davon abhalten. Aber wie lange noch.

Er war nun bereits 35 Jahre und wusste genau, dass er sein Leben so nicht mehr führen will und brauchte unbedingt Unterstützung, daher entschloss er sich, einen Psychiater aufzusuchen.

Viele Stunden und eine Menge Geld investierte er, mit dem Ziel, irgendwann einmal ein normales Leben zu führen. Durch die Arbeit mit dem Psychiater, stieg Joes Selbstwertgefühl und seine Angstzustände nahmen ab, doch trotz zahlreichen Übungen und Tipps, konnte er sich noch immer nicht in die Gesellschaft integrieren.

Noch immer war er allein auf der Welt, hatte nie eine Freundin gehabt und die einzigen Küsse, die er bekam, waren die seiner versoffenen Eltern, die er als Kind beim zu Bett gehen bekam.

Sein einziger Kontakt zur Außenwelt bestand darin, Zeitschriften und Tageszeitungen zu studieren und an Gewinnspielen jeglicher Art Teilzunehmen.

*Was für eine beschissene Kindheit, was für ein beschissenes Leben*, dachte er sich immer und immer wieder, doch das sollte sich eines Tages ändern.

# 3.

Es war Samstag und wieder neigte sich eine Woche der Einsamkeit und Langeweile dem Ende zu. Doch dieser Samstag, war der Tag, an dem sich sein Leben ausschlaggebend verändern sollte. All seine Stunden beim Psychiater und die kleinen Erfolgsmomente, waren vergleichsweise nichts gegen die Ereignisse, die Joe in naher Zukunft erleben sollte.

Es war halb neun Uhr morgens und Joe ging zum Wochenmarkt um frisches Gemüse und Brot zu kaufen. Der Wochenmarkt fand zweimal in der Woche, auf dem Marktplatz von Delmenhorst statt. Er war zwar nicht der aller größte, bot aber allerlei Leckereien und frische Lebensmittel, die man so brauchte. Links vom Markt, schlich sich ein kleiner Fluss vorbei, oberhalb war das Standesamt, an dem auch diesen Samstag, ein frisch Vermähltes Paar, fröhlich und voller Liebe heraus stürmte.

Auf der rechten Seite, gab es ein paar Geschäfte und Eisdielen und im unteren Teil des Platzes, begann die Stadt, die sich nach links und rechts erstreckte.

Joe wollte bereits am Mittwoch hingegangen sein, konnte allerdings nicht, weil er sich bei seiner Morgendlichen Frühgymnastik, den Fuß verstauchte und für den restlichen Tag kaum auftreten konnte.

Als erstes entschied er sich für den Gemüsestand, da dieser nahe liegender war. Dort angekommen, ließ er seine Augen über das große Angebot schweifen.

»Guten Tag, kann ich ihnen behilflich sein?«, Sprach eine freundliche Stimme zu ihm. Die Verkäuferin.

»Guten Tag … ja, bitte. Ich hätte gerne zwei Gurken, drei rote Paprika und eine Handvoll Strauchtomaten. Und bitte packen sie mir die Sachen in zwei Tüten ein!«

»Aber gerne.«, entgegnete die Verkäuferin Joe. Schon mehrmals sind Joe die Tüten auf dem Heimweg gerissen und er hatte Mühe seine Einkäufe einzusammeln oder sie waren so beschädigt, dass er nichts mehr mit ihnen anfangen konnte

»Darf es sonst noch was sein?«, fragte die Verkäuferin freundlich.

»Nein danke, dass wars schon.«

»Das macht dann bitte 5.40€.«

»Einen Augenblick, ich glaube ich habe es passend.«

»Ja … hier bitte.«

Die Verkäuferin blickte kurz aufs Geld und schon verschwand es in der Kasse.

»Einen schönen Tag wünsche ich Ihnen.«

»Danke ebenso«, erwiderte Joe.

Die Verkäuferin wandte sich umgehend dem nächsten Kunden zu und schenkte Joe keine weitere Beachtung mehr.

Nun fehlte Joe nur noch sein Brot. Er machte sich schnurstracks vom Gemüsestand in Richtung Brotstand auf, was ihm aufgrund der Menschenmenge nicht sehr leicht fiel. Im Hinterkopf die Angst und das Gefühl beobachtet zu werden und dem Ziel so schnell wie möglich nach Hause zu kommen.

Schließlich angekommen, sah er sich um und wurde auch hier mit einer großen Auswahl überhäuft. Nach langem hin und her überlegen, entschied er sich für ein süßes Weißbrot. Wieder einmal wurde er freundlich begrüßt und schnell nach dem bezahlen des Brotes abserviert.

Joe überlegte kurz, ob er noch etwas gebrauchen könnte. Da dies aber nicht der Fall war, machte er sich auf, fort von den Menschen, raus aus der Angst.

Einige Meter, kurz vorm erreichen seiner Wohnungstür, kam es dann wieder zu einem kleinen Missgeschick. Joe wollte die Straßenseite wechseln, dabei verließ er den Gehweg und Überquerte die Straße. Beim kläglichen Versuch den anderen Gehweg zu betreten, stolperte er über den Bordstein. Er fiel Kopfüber und versuchte sich mit seinen Händen zu stützen, doch trotz seiner schnellen Reaktion, gelang es ihm nicht und viel direkt auf seine Einkaufstüten. Dabei schlug sein Kopf auf dem Gehweg und war unmittelbar bewusstlos. Erst einige Minuten später, wachte er mit einem Schleier vor den Augen und dicken Kopfschmerzen auf.

»Na super! Das musste mir ja wieder mal passieren!«, brüllte Joe.

Voller Wut stand er auf, griff sich seine Tüten und ging wackelig zur Haustür. Dort angekommen, öffnete er sie, trat in den Hausflur und warf die Tür mit einem Schwung zu.

Es war ein Sechs Familienblock, in dem zwei Wohnungen auf jeder Etage vorhanden waren. Joe Miller hatte natürlich das große Glück ganz oben zu wohnen. Schritt für Schritt und mit größter Vorsicht erklomm er das Treppenhaus. Oben angekommen und schon wieder die Schnauze voll von diesem Tag, öffnete er seine Haustür, ging in die Wohnung und auf direktem Weg in die Küche.

Die Wohnung war recht gut geschnitten und gab ein geborgenes Gefühl. Sie bestand aus einem Badezimmer, eine Wohnküche, die durch einen kleinen Tresen geteilt wurde und ein Schlafzimmer.

Er stellte seine Einkaufstüten auf den Küchentisch und räumte seine Einkäufe aus, in der Hoffnung, dass alles heil geblieben ist. Doch schon beim ersten Griff in die Tüte, stellte er fest, dass irgendetwas kaputt sein musste. Zwischen seinen Fingern glitt irgendetwas Feuchtes, Glitschiges. Er zog seine rechte Hand aus der Tüte heraus und sah rot.

Es waren die Strauchtomaten. Sie waren total hinüber. Der Rest hingegen, überstand den Sturz und wurde nur leicht zusammengepresst.

*Na super, wieder Geld aus dem Fenster geschmissen.*

Auf einmal klingelte es an der Tür, als Joe gerade dabei war, seine Sachen in die Schränke zu räumen.

*Wer mag das bloß sein? Mich kommt doch sonst niemand besuchen.*

Ruhigen Schrittes und mit einem wunderlichen Blick, ging er zur Haustür und nahm den Hörer der Gegensprechanlage in die Hand.

»Ja!… wer ist denn da?«

Keine Antwort.

»Hallo?«

»Hallo!«

Doch noch immer antwortete niemand.

Er hängte den Hörer wieder ein und sah durch den Türspion, hätte ja sein können, dass unten die Tür auf war, obwohl er doch eben erst herein kam und sie vor Wut zu knallte.

Niemand war zu sehen, also entschloss Joe die Tür zu öffnen um im Treppenhaus nachzusehen. Doch auch dort war niemand.

*Habe ich mittlerweile schon Wahnvorstellungen? Es hat doch geklingelt ... oder etwa nicht? Bestimmt war das ein Klingelstreich, wäre ja nicht das erste Mal.*

Er drehte sich herum, um wieder zurück in seine Wohnung zu gehen, doch nach einem Schritt, blieb er wieder stehen.

*Mmh. Was ist das?*

Rechts neben der Tür lag etwas. Es war ein Päckchen. Es hatte die Größe eines Schuhkartons.

*Wer hat das denn hier hingestellt? Und vor allem, wo ist die Person hin?*

Joe nahm das Paket an sich, sah auf den Empfänger und stellte fest, dass es tatsächlich für ihn war. Mit Freude und Verwunderung drehte Joe sich noch mal zum Treppenhaus und horchte nach irgendwelchen auffälligen Geräuschen.

Mit dem Packet im Arm und der Vorfreude auf dessen Inhalt, machte er sich wieder auf in seine Wohnung, schloss die Tür und ging in die Wohnküche Richtung Sofa.

Vorsichtig schnitt er mit seiner Schere, die auf dem Tisch lag, das Klebeband durch.

*Na dann wollen wir mal sehen was wir da schönes haben.*

Joe fuhr mit seiner rechten Hand in den Karton und nahm als erstes das Verpackungsmaterial heraus. Als der Karton etwa bis zur Hälfte gelehrt war, blickten ein Briefumschlag und eine bunter Flyer heraus. Er nahm beides heraus, legte den Flyer zur Seite und öffnete den Briefumschlag.

In diesem war ein weiterer Umschlag und ein Anschreiben. Den Umschlag legte er zu dem Flyer auf den Tisch und las den Inhalt des Briefes.

**Sehr geehrter Herr Miller,**

*Es ist uns eine Freude Ihnen mitteilen zu dürfen, dass sie bei dem Preisausschreiben aus unserer Zeitschrift "Schöner Leben" gewonnen haben.*

*Als Preis erhalten Sie eine zweiwöchige Traumreise im Wert von 4500 € auf die Insel Pantok.*
*Diese Reise wird so unfassbar und aufregend, dass sie die Insel nie wieder verlassen möchte.*
*Wir sind stolz darauf Ihnen sagen zu dürfen, dass wir bislang keine negativen Resonanzen von dieser Reise erhalten haben. Sie übernachten in dem vier Sterne Hotel "LIFE GARDEN" und genießen dort das all inklusiv Angebot.*

> *Der Flug geht am 21. Mai, um 8:58 Uhr,*
> *vom Bremer Flughafen, über München, in*
> *Richtung Pantok.*

*Anbei erhalten Sie Ihr Flugticket und einen Flyer über die Insel. Der Flyer beinhaltet alles, was man über Pantok und das Hotel wissen muss.*

*Wir freuen uns, Sie bei uns begrüßen zu dürfen und bitten Sie uns eine kurze Mitteilung zukommen zu lassen, ob sie an der Reise teilnehmen möchten.*

*Mit freundlichen Grüßen*

*Ihr Schöner leben Team*

*Das ist doch nur ein Scherz oder? Ich habe in mein Leben schon an diverse Preisausschreiben teilgenommen, aber bislang ohne Erfolg. Das ist der absolute Knüller. Endlich kann ich mal verreisen und komme hier raus.*
*Aber möchte ich das überhaupt. Es werden dort viele Menschen anwesend sein, mit denen ich längere Zeit zu tun haben werde und mit Sicherheit, werden die mich nicht akzeptieren.*
*»Herr Miller, sie müssen an sich arbeiten und der Angst ins Auge sehen. Nur so werden sie sie besiegen.« Genau das war der Wortlaut meines Psychiaters und ich werde ihn befolgen. Ich fliege und überwinde meine Angst.*

Er öffnete den anderen Umschlag, in dem das Flugticket steckte. In Joe sprudelten Glücksgefühle, wie er sie noch nie in seinem Leben empfand. Es fühlte sich so ähnlich an, wie seinerzeit als Kind zu Weihnachten, kurz bevor er ins Wohnzimmer ging um seine Geschenke zu öffnen und die Aufregung seinen ganzen Körper kribbeln lies. Noch immer konnte er es nicht richtig fassen, eine gewonnene Luxusreise.

Nun legte er das Ticket beiseite, ergriff den Flyer und informierte sich über sein Reiseziel, schließlich musste er ja auch wissen was ihn erwartet und wo genau es hingeht. Doch er sollte später herausfinden, dass im Flyer eine ausschlaggebende Information fehlte.

Nach gründlichem durchlesen, wusste Joe alles über die Insel, zumindest das was der Flyer hergab. Sie lag im Indischen Ozean und war so groß wie Mallorca. Es war eigentlich keine richtige Touristen Insel. In Joes Augen also ein Geheimtipp.

Es gab nur ein paar Dörfer mit Einheimischen und das eine Hotel. Das "Life Garden" Hotel.

Drei Woche hatte Joe noch bis zum Start seiner Reise und begann unmittelbar mit den Vorbereitungen.

# 4.

Nach einer Flugzeit von einer Dreiviertelstunde, erklang auf einmal ein Piep ton. Joe sah nach oben und wusste sofort was es zu bedeuten hatte. Über ihm leuchtete eine Signallampe mit dem Zeichen zum anschnallen.

Wie erwartet, erklang kurz darauf eine männliche Stimme über den Lautsprechern. Genauso kannte Joe das aus dem Fernsehen und war völlig begeistert, trotz seiner ersten Erfahrung mit dem fliegen, trotz seiner panischen Angst zu Beginn der Reise.

LIEBE PASSAGIERE. WIR BEGINNEN NUN MIT
DEM LANDEANFLUG AUF MÜNSTER UND
BITTEN SIE, ZURÜCK AUF IHRE PLÄTZE ZU
GEHEN, SICH ANZUSCHNALLEN UND HOFFEN
SIE HATTEN EINEN ANGENEHMEN FLUG.
WIR HOFFEN SIE BALD WIEDER BEI UNS AN
BORD BEGRÜßEN ZU DÜRFEN.
VIELEN DANK.

Wie erwähnt, begannen sie kurz darauf mit dem Landeanflug. Die Maschine senkte sich und plötzlich sackte
das Flugzeug ab. Joe bekam Panik und krallte sich mit
Todesangst in den Sitz. Er sah zu dem alten Mann
hinüber und wartete auf eine Reaktion von ihm, doch
dieser saß noch immer unerschrocken und entspannt
dort.
Joe hatte das Gefühl, dass sein Magen nach oben
wanderte, um seine Lunge zu Besuchen. Es war ein unangenehmes und zugleich tolles Gefühl. So müsste es
sich im Tower auf dem Freimarkt anfühlen, wenn man in
Sekunden hochgeschossen wird und mit dem Gefühl des
Freien falls abwärts fährt.
Ein paar Sekunden später, dachte Joe, es sei alles wieder
in Ordnung, sein Magen war wieder dort wo er hin-
gehörte und das Flugzeug senkte sich sanft.
Nicht mal eine Minute später, erklangen merkwürdige
Geräusche unterhalb der Kabine und wieder bekam Joe
Angst.
*Das ist nicht normal. Irgendetwas stimmt hier doch
nicht.*
»Stürzen wir ab? Sagen sie mir bitte, dass wir nicht ab-
stürzen!«, rief Joe zu den älteren Herren.

»Jetzt beruhigen sie sich mal! Nein, wir stürzen nicht ab. Alles ist so, wie es sein muss.«

»Aber, was ist denn eben passiert? Dann noch diese komischen Geräusche.«

»Oh man … wir sind vorhin in ein kleines Luftloch geraten, dass kann hin und wieder mal passieren, ist aber nicht schlimm und das Geräusch kam von dem Fahrwerk, dass der Pilot ausfuhr, nichts weiter. Wir stürzen auf keinen Fall ab. Und wenn sie mich dann bitte entschuldigen würden, ich habe zu tun.«

Joe nahm die Erklärung an und beruhigte sich. Dennoch war er heilfroh, dass sie gleich landeten und er festen Boden unter seinen Füßen hat.

Nach ein paar Minuten war es dann soweit und das ausgefahrene Fahrwerk trat mit dem Asphalt der Landebahn in Kontakt. Riesen Beifall ertönte durch das ganze Flugzeug, wie am Ende eines Musicals. Nur mit dem Unterschied, dass es hier keine Zugabe gab.

Endlich zum Stillstand gekommen und angedockt, entstand im Mittelgang eine Schlange, die von Person zu Person immer länger und dichter wurde. Auch Joe stand auf, griff nach oben und öffnete das Fach fürs Handgepäck. Sein schwerer Rucksack purzelte heraus und direkt auf seinen Kopf. Joe viel direkt auf seinen Sitz zurück und saß leicht benebelt da.

Als dann der ältere Mann aufstand und ihn drängelte, er solle aufstehen und mit den Albernheiten aufhören, packte Joe sich seinen Rucksack und reihte sich in die Schlange ein. Nach etwa 4 Minuten, war er endlich am Ausgang des Flugzeuges und verließ dieses durch eine dreißig Meter lange Schleuse. Am Ende des Tunnels war eine riesen Halle mit allerlei Geschäften, Infoschalter und eine große Anzeigetafel an der Decke.

Joe machte sich auf den Weg zu dieser Tafel, was ihm aber durch diese riesige Menschenmenge schwer viel. Er trat diversen Menschen auf die Füße und ist selber fast zweimal hingefallen.

*Oh je, dass ist hier ja noch schlimmer als auf dem Wochenmarkt,* schoss ihm durch den Kopf.

An der Anzeigetafel angekommen, erforschte er diese und fand schnell heraus von welchem Gate er aus weiter in Richtung Pantok fliegt.

Gate 4.

Er schaute sich um und fand es ganz hinten rechts in der Ecke der Halle. Er schnellte los, kam aber nicht weit.

Da lag er nun, gestolpert über seine eigenen Schnürsenkel und wurde von den Menschen ausgelacht, die an ihm vorbeiliefen. Niemand zog es in Erwägung, ihm vielleicht aufzuhelfen und zu fragen wie es ihm geht.

Wieder aufgestanden, schnürte er sich seine Schuhe zu und startete seinen zweiten Versuch, nur langsamer und vorsichtiger, ab zum Gate 4.

Ein junger Mann in einem blau karierten Anzug, so Mitte zwanzig, stand vor der Schleuse.

»Einen schönen guten Tag wünsche ich Ihnen. Sie müssen Herr Miller sein. Wir haben bereits auf sie gewartet.«

»Wir? Wer denn noch?«, fragte Joe.

»Die anderen Passagiere und ich. Entschuldigen Sie bitte, ich habe mich ja noch gar nicht vorgestellt. Mein Name ist Manuel. Ich arbeite für "Schöner Leben" und bin ihr Reisebegleiter. Wenn sie irgendwann mal Hilfe benötigen oder Fragen haben, scheuen sie sich nicht mich anzusprechen.«

»Freut mich sie kennen zu lernen Manuel.«

»Nun, wir dürfen keine Zeit verlieren. Bitte folgen sie mir Herr Miller.«

Manuel und Joe betraten die Schleuse und folgten dieser. Joe stellte allerdings fest, dass diese, nicht wie die vorherige Schleuse vertikal verlief, sondern ein Gefälle von ungefähr zwanzig Grad hatte.

Am Ende angekommen, öffnete Manuel die Tür der Schleuse und sie betraten ein riesiges Gelände aus Asphalt, dass aus der Sicht von Joe, sich bis zum Horizont erstreckte.

»Ich hätte da mal eine kleine Frage Manuel, wie viele Passagiere fliegen denn mit nach Pantok?«

»Es sitzen bereits sechs von sieben Fluggästen in der Maschine. Wenn Sie mir dann bitte weiter folgen würden. Ich bringe sie nun in das Flugzeug und zeige ihnen ihren Platz.«

So hatte Joe sich das aber nicht vorgestellt. Das Flugzeug hatte gerade mal eine Länge von fünfundzwanzig Metern und schätzungsweise Sitzplätze für fünfzehn Passagiere. Sie sah sehr heruntergekommen aus, hatte überall leichte Rost stellen und je einen Propeller an jeder Tragfläche. Es waren nur drei Fenster auf jeder Seite der Maschine vorhanden, wobei Joe bezweifelte, dass man durch sie hindurch gucken konnte, so verschmutzt waren diese. Aber wieso sollte er meckern, schließlich hatte er das erste Mal in seinem Leben Glück und gewann bei einem Preisausschreiben. Mit der Angst im Hinterkopf, dass seine Glückssträhne so schnell vorbei sein würde, wie sie begonnen hatte und sie eventuell gar

nicht ans Ziel ankommen würden, stiegen Manuel und
Joe ins Flugzeug ein. Diesmal nahm Joe sich vor, auf
keinen Fall eine Tablette zu sich zu nehmen, alles auf
sich zu kommen zu lassen und die Ruhe zu bewahren.

# 5.

Die Sonne schien warm und zugleich leicht blendend
durch das Fenster. Er genoss es sehr, da die Sonnenstrahlen in ihm ein regelrechtes Feuerwerk an Glücks-
gefühlen entflammte.
Wie schön für ihn, dass er diesmal einen Fensterplatz
bekam. Vor allem, weil es ja nur drei Fenster auf jeder
Seite gab. Wie er schon von außen feststellte, waren
diese recht verschmutzt, dennoch konnte man ausreichend hindurchsehen.
Joe hatte sich ein wenig verschätzt, es waren zwölf Sitzplätze vorhanden. Diese waren in Zweierbänken aufgebaut, je drei links und rechts.
Als er die Maschine mit Manuel betrat und ihm der Platz
auf dem er nun sitzt zugewiesen wurde, begrüßte er die
Mitreisenden, mit einem leisen guten Tag. Manuel selbst
machte sich unverzüglich auf den Weg ins Cockpit und
ging seiner Arbeit nach.
Joe erkannte an den Gesichtern, dass auch die anderen
leicht erschrocken und enttäuscht waren. Wer sollte es
ihnen verübeln, wer sollte es ihm bei so einer Maschine

verübeln. So könnte es ja auch weiter gehen, mieses Hotel, schlechtes Essen und nur Langeweile, wer weiß das schon.

Joe saß zusammen mit einem Mann auf der vorderen rechten Bank. Der Mann war fein angezogen, trug ein gelbes Seidenhemd und eine hell-braune Hose. Er kam ihm ein wenig arrogant vor, was aber nicht bedeuten musste, dass er es auch war. Joe sprach den Herren an.

»Hallo, sind sie auch so begeistert vom Flugzeug wie ich? Ich frage mich ob wir damit überhaupt abheben.« Der feine Herr sah Joe an.

»Naja, wirklich überwältigt bin ich nicht davon. Hoffe nur, das Hotel wird besser.«

»Ja, hoffe ich auch. Mein Name ist übrigens Joe.«

»Basti, freut mich sie kennen zu lernen. Von mir aus können wir auch gerne du zueinander sagen, schließlich sitzen wir ja in einem Boot, bzw. in einem Flugzeug.

»Gerne. Wie bist du denn zu dieser Reise gekommen?«, fragte Joe.

»Nun ja, ich habe bei einem Preisausschreiben von "Schöner Leben" gewonnen, womit ich eigentlich nie gerechnet hätte.«, antwortete Basti.

»Ja, genau wie bei mir. Ich habe schon an so vielen Preisausschreiben teilgenommen und nie etwas gewonnen und jetzt sitze ich hier im Flugzeug. Ich frage mich, ob die anderen auch Gewinner des Preisausschreibens sind?

»Ich schätze mal schon, aber man …«
Basti wurde durch eine bekannte Stimme aus den Lautsprechern unterbrochen.

»Einen wunderschönen guten Tag wünsche ich allen Gewinnern von "Schöner Leben". Wie sie alle bereits

wissen, ist mein Name Manuel und bin auf dem zwei-
wöchigen Abenteuertrip auf der Insel Pantok, ihr
ständiger Begleiter und Ansprechpartner. Der Pilot, Mr.
Salvatore wird nun mit dem Start beginnen, daher bitte
ich sie alle, sich anzuschnallen. Ich wünsche einen angenehmen Flug.«

»Da haben wir unsere Antwort.«, sagte Basti und Joe
grinste.

Die kleine Propellermaschine kam ins Rollen und bahnte
sich ihren Weg Richtung Flugfeld. Überall, in jeder Ecke
des Flugzeugs klapperte es wie wild, was Joe nicht wirklich dabei half, seine kleine Flugangst zu überwinden.
Dennoch gab er sein bestes, es sich nicht allzu sehr anmerken zu lassen. Vergebens.

Er lehnte sich fluchtartig nach vorne und griff hektisch
unter den Sitz. *Super, wo ist bloß diese blöde Tüte.*
Voller Entsetzen, sah er sich mit einem forschenden
Blick um und fand dann endlich rechts neben sich,
zwischen Sitzbank und Flugkabine, die so sehnlichst
gesuchte Kotztüte. Während der ersten halben Stunde
des Fluges übergab er sich sieben Mal und sein Hals
schmerze bereits vom ganzen würgen.

Nach einer Flugzeit von etwas mehr als sieben Stunden,
meldete sich Manuel über die Lautsprecher und gab den
Passagieren die Anweisung sich auf die Plätze zu begeben und die Gurte anzulegen. Zudem erzählte Manuel
ihnen, wie der weitere Ablauf nach der Landung aussah.
Die Maschine begann sanft in den Sinkflug zugleiteten.
Plötzlich rüttelte und knirschte es über all, als würde ein
Erdbeben seine Macht darstellen. Die Maschine verlor
innerhalb von Sekunden, etwa 40 m an Höhe.

»Nicht schon wieder ein Luftloch!«, rief Joe.

»Keine Angst, es wird alles gut gehen. Es fühlt sich zwar extremer an in solch einer kleinen Maschine, im Vergleich zu den großen Flugzeugen, aber dennoch wird nichts passieren.«, beruhigte ihn Basti.

Wie versprochen ging alles gut und sie landeten heil und sicher auf dem Flugplatz von Pantok.

Noch verkrampft und leicht verschwitzt, atmete Joe zweimal tief durch. Er sah Basti an.

»Ich muss schon sagen, dass war echt ein angenehmer und spaßiger Flug. Es wäre gar nicht auszudenken, was wäre, hätte ich Flugangst.«

»Wohl wahr.«, antwortete Basti und lachte.

# 6.

Während des Fluges Münster-Pantok, hatten Joe und die anderen Fluggäste genügend Zeit sich ausführlich zu unterhalten und kennenzulernen. Sie alle erfuhren sehr interessante und traurige Lebensgeschichten, über jeden einzelnen an Bord und auch, dass es eine Person gab, die an der Reise teilnahm, ohne das sie jemals bei einem Preisausschreiben mitmachte.

Das merkwürdige an allem war nur, dass die Ereignisse die ihr Leben prägten und verfolgten, im Endeffekt aufs selbe hinausliefen, sie alle waren Einzelgänger, bis hin zum heutigen Tage und jeder wollte daran was ändern.

*Schon ein merkwürdiger Zufall*, dachte sich Joe, dennoch viel ihm eine riesige Last vom Herzen, als er erfuhr, dass er nicht alleine mit seinem Schicksal war. Er könnte tatsächlich die Chance haben, sich mit Menschen anzufreunden ohne dabei Angst haben zu müssen, dass ihm etwas Peinliches zustößt oder er ausgeschlossen wird.

Der jüngste unter ihnen war Chris. Er war 18 und verließ vor kurzem erst die Schule, gerade so mit einem sehr schlechten Hauptschulabschluss. Er erwähnte verschämt, dass er wohl ein recht fauler Hund sei, aber es Hauptsächlich daran lag, dass er so schlechte Noten bekam, weil er kaum in der Schule war. Zu groß war seine Angst vor den Schülern und den täglichen Demütigungen.

Der Unterschied von Chris seinem Schulleben zu den der älteren Fluggästen, die ihre Schule bereits seit Jahren hinter sich hatten, war der, dass es heutzutage nicht nur bei blöden Streichen und Sprüchen blieb, sondern Chris auch mehrmals Verprügelt wurde, sich aber aus Furch nie beim Rektor oder einer Lehrerin meldete, da die Folgen Fataler nicht hätten enden können.

Chris hatte aber die Hoffnung, genau wie Joe und die anderen früher, einen Neustart im Berufsleben zu beginnen und die Reise sollte das Sprungbrett sein. Auch er suchte neue Freunde und Menschen die ihn akzeptierten.

Chris lebte in Dortmund bei seinen Eltern, was sich so schnell auch nichts ändern sollte. Das Verhältnis zwischen ihnen war gut. Sie hielten immer zu ihm und hatten jederzeit ein offenes Ohr, nur so konnte er die schwere Zeit überstehen.

Sein Vater half ihm bei seinen Bewerbungen um eine Ausbildungsstelle. Er hatte bereits eine Menge Bewerbungen verschickt, aber bislang nur wenig Rückantworten erhalten, in denen stand, dass sie sich bereits für jemand anderes Entschieden haben oder zur Zeit niemanden benötigten. Er wusste von vornherein, dass er es nicht leicht haben wird mit solch einem Zeugnis, aber er gab die Hoffnung nicht auf und es sei erstmal zweitrangig für ihn. Er schob seine Gedanken auf, schließlich wollte er den Urlaub in vollen Zügen genießen.

Dann gab es da noch den Chaoten Till, der mit seinen 24 Jahren auch noch bei seinen Eltern in Berlin lebte, aber das große Glück hatte eine Ausbildung zum Tischler zu machen und kurz vor seinen Prüfungen stand.

Da kam die Reise gerade recht, um einmal vom Alltag abzuschalten und neue Energie für die Prüfungen zu sammeln.

Auch für Till war es eine harte Kindheit. Er war ständig allein, da seine Mutter, sowie sein Vater nie zu Hause waren. Immer ging die Arbeit vor und ließ Till keine Chance, was mit ihnen zu unternehmen, geschweige denn seine Probleme mit ihnen zu besprechen.

Als es damals bei Till in der Schule mit dem Schikanen anfing, reagierte er gleich und machte sich selbst lieber zum Narr. Er dachte sich, bevor die Schüler ihm was antun und ihn verarschen, würde er es lieber selber machen und somit die Schulkameraden auf ihre Kosten bringen. Es funktionierte gut und er konnte somit selber entscheiden, wie peinlich eine Situation wird und wann sie statt fand.

Dennoch war er ein Außenseiter, der ohne jemanden im Leben da stand, was sich auch während der Ausbildung nicht änderte.

Trotz alledem, war er ein aufgeweckter junger Mann, der genau wusste was er will.

Auch Marie, in Joes Augen die hübscheste und attraktivste an Bord, zählte zu der Gruppe der Einzelgänger. Sie war 26 und lebte in einer zwei Zimmer Wohnung in Oldenburg und arbeitete in einem Tierheim. Sie hatte vor zwei Jahren ihre Ausbildung zur Tierpflegerin in einem Zoo erfolgreich abgeschlossen, obwohl die Zeiten nicht gut für sie waren. Ihr Vater starb vor vier Jahren und die Mutter begann zu trinken. Sie hatte noch einen jüngeren Bruder um den sie sich kümmern musste, da ihre Mutter sich nur wenig um sie scherte und noch nicht einmal mehr ihr eigenes Leben in Griff bekam.

Zudem kam, dass Marie arge Probleme mit dem Chef hatte. In jeder Situation lief er ihr hinterher, kontrollierte ihre arbeiten und warf ihr die dreistesten Sachen an den Kopf. Zum Beispiel, dass sie die unfähigste Person sei, die er je gesehen hatte usw.

Sie ließ sich aber nicht unterkriegen, schrieb Bewerbungen und hatte das große Glück, gleich beim ersten Versuch einen Arbeitsplatz im Tierheim zu bekommen.

Sie verdiente gutes Geld und konnte so ihren jüngeren Bruder, der zu dem Zeitpunkt fünfzehn war zu sich holen.

Sie war völlig aus dem Häuschen, als sie hörte, dass sie gewonnen hatte. Es kam ihr nur ein bisschen komisch vor, da sie nie Zeitschriften kaufte und soweit sie sich erinnern konnte, auch nie an Gewinnspielen teilnahm. Nach längerem überlegen, viel ihr dann doch was ein. Sie hatte sich vor Jahren auf einer Internetseite angemeldet, in dem es hieß, dass sie automatisch an hunderten von Gewinnspielen teilnimmt und so riesige Chancen auf Gewinne hat.

Sie vergaß dies allerdings nach einem halben Jahr wieder, da sie nie wieder was von ihnen hörte.

*Vielleicht gehört die Zeitschrift "Schöner Leben" ja dazu,* dachte sie sich. *Ist auch egal, gewonnen ist gewonnen.*

Natascha, die 29 Jährige Minijobberin aus Berlin, hatte keine Ausbildung und keinen Schulabschluss. Sie wurde von ihrem alleinerziehenden Vater, in jungen Jahren vom Jugendamt weggenommen, da dieser regelmäßig im Konflikt mit der Polizei stand und nun mittlerweile wegen schwerer Körperverletzung und Raub im Gefängnis saß.

Sie wanderte ständig von Heim zu Heim, wurde dreimal vermittelt und wieder abgestoßen, da über die Zeit zum Problemfall wurde. Es war bereits so schlimm, dass auch sie vor kurzem, für ein halbes Jahr wegen Raub ins Gefängnis musste.

Sie nahm an dem Gewinnspiel während des Aufenthaltes im Gefängnis teil und auch sie, alleine im Leben und ausgestoßen, gewann. Sie hatte die Hoffnung auf Pantok ein Neues Leben zu beginnen, dort Arbeit und ein Zuhause zu finden und ihre Vergangenheit hinter sich zu lassen.

Silvia, die Tochter eines Millionen schweren Geschäftsmannes, 28 Jahre, verzogen und total egoistisch, ist das fünfte Mitglied der Gruppe. Sie scherte sich einen Dreck um andere Leute. Hauptsache ihr Konto war prall gefüllt und sie konnte schoppen. Dadurch machte sie sich keine Freunde und war ständig Gesprächsthema Nummer eins. Sei es damals auf dem Internat, auf der Straße oder wenn sie Einkaufen ging. Jeder kannte sie daheim in München. Doch Silvia hatte damit keine Probleme, sie genoss ihr Leben in vollen Zügen auch ohne Freunde, schließlich bekam sie alles was sie wollte, wobei die Reise nicht dazu gehörte. Sie machte ungern Reisen, blieb lieber zuhause und lässt sich ihre Fingernägel machen, doch ihr Vater bestand darauf. Er war es, der ihr diese Reise kaufte und war froh, mal ein paar Tage Ruhe vor ihrem ständigen Genörgel zu haben. Da er selbst keine Zeit zu reisen hatte, lies er sich dieses zwingende Geschenk einfallen.

Das letzte Mitglied, dass seine Geschichte erzählte, war der 35 Jährige Basti. Sein Leben verlief bis zu jenem bestimmten Tag hervorragend.

Basti war an einem Samstag  mit seiner Frau und seiner Tochter unterwegs auf der Landstraße und fuhr nach Hause. Sie hatten einen wunderschönen Tag im Zoo verbracht. Es war spät am Abend und die Dämmerung trat ein, als dann plötzlich ein betrunkener Autofahrer, in einer scharfen Kurve ihre Spur schnitt. Als er auswich, kam der Wagen ins Schleudern, verließ die Fahrbahn und prallte mit hohem Tempo gegen einen Baum.

Als er schwerverletzt im Krankenhaus aufwachte, erfuhr er, dass seine Tochter und seine Frau noch am Unfallort verstarben und er großes Glück hatte, dass die Ärzte ihn nach mehreren Operationen das Leben retten konnten. Nur sah er darin kein Glück.

Dieses Ereignis veränderte ihn so sehr, dass auch er zum Einzelgänger wurde.

Basti gab alles auf und mied jeglichen Kontakt. Seine Freunde schob er ab und verließ so gut wie gar nie die Wohnung. Einige Jahre lebte er so weiter und es war schwer für ihn alles zu verarbeiten, doch schließlich nahm er dann die Hilfe eines Psychiaters in Anspruch und versuchte sein Leben wieder in die richtige Bahn zu bringen.

Sie alle lebten also ihr Leben, wurden zum Teil zu stillen und zurückhaltenden Menschen, was sich jedoch auf dieser Reise ändern sollte. Denn es war kein normaler Urlaub, es handelte sich um einen Abenteuer Trip, was jeder von ihnen noch herausfinden sollte.

# 7.

Die Tür zum Cockpit öffnete sich und Manuel kam hervor.

»So liebe Fluggäste. Wir haben nun den Flugplatz von Pantok erreicht. Ich habe mir vorhin überlegt, wenn niemand was dagegen hat, sagen wir alle du zueinander. Irgendwelche einwende?«

Niemand war dagegen, sie hatten sich eh bereits das du untereinander angeboten, was bedeutete, dass Manuel zu spät mit seinem Vorschlag kam.

»Ich bitte euch nun alle eure Sachen zu schnappen und mir über die Treppe am Ausgang nach draußen zu folgen. Euer restliches Reisegepäck wird separat zum Hotel gebracht. Wenn ich also bitten dürfte.«

Die Gruppe kramte ihre Sachen zusammen und folgte Manuel aus dem Flugzeug. Draußen angekommen, schnappte jeder einzelne tief Luft, genoss die warmen Sonnenstrahlen und den Wind, der die 35° Außentemperatur angenehmer machte.

Der sogenannte Flugplatz bestand nur aus hartem Sand und Lehm. Er war etwa fünfundzwanzig Meter breit und hundert Meter lang. Um diesen herum erstrecken sich Wiesen, die zum größten Teil vertrocknet waren und nach fünfhundert Metern ihr Ende am Rand des Dschungels fanden. Dieser Kesselte den Flugplatz mit seiner gigantischen Pracht ein und war bestückt mit saftig grünen Bäumen, Büschen und Sträuchern.

»Oh ha, ist das abgefahren.«, sagte Chris erstaunt.

»Da hast du Recht, aber du darfst den Dschungel nicht unterschätzen. Es gibt dort zahlreiche Gefahren. Daher möchte ich darauf hinweisen, dass niemand alleine den Dschungel erforscht. Haben das alle verstanden?,«, fragte Manuel.

Sie stimmten ein, wobei man damit rechnen musste, dass es immer einen gibt, der sich nicht daran hält. Vor dem Flugzeug, zwanzig Meter entfernt, stand ein kleiner Reisebus der sie alle zum Hotel fahren sollte und dahinter ein Transporter, der fürs Gepäck abgestellt wurde.

»Nun gut. Dann gehen wir mal alle in den Reisebus und machen es uns bequem. Wir haben noch eine lange Fahrt vor uns.«, erklärte Manuel.

Alle stiegen rasch ein und stellten fest, dass der Bus von außen recht akzeptabel aussah, zumindest besser als das

Flugzeug, aber von innen genauso ungepflegt wie das Flugzeug war.

Joe beschlich so langsam das Gefühl, dass es wohl doch keine gute Idee war, an dieser Reise teilzunehmen und es wohl noch bereuen wird.

Er setzte nun seine ganze Hoffnung in das Hotel, die Verpflegung und das Freizeitangebote.

*Eigentlich kann es ja nur besser werden*, dachte er sich.

Der Busfahrer startete den Motor und fuhr los. Während dessen, wurde der Transporter mit dem Gepäck von zwei Einheimischen, Bob und Jules, beladen und sollte ihnen etwa zehn Minuten später folgen.

Der Bus fuhr über die Wiesen in Richtung Dschungel. Kurz vor dem Beginn des Dschungels wurde der Bus langsamer, da sie sich auf den Pfad des Dschungels begaben, der sie zum Hotel führen sollte und dieser nicht der aller beste war. Er setzte sich aus Sand, alten Stöckern und Ästen, sowie Lehm und einigen tiefen Löchern zusammen und erschwerte die Fahr ungemein. Schon nach den ersten Metern, waren die Gäste von der lockenden Pracht des Dschungels begeistert, doch wie sie bereits gewarnt wurden, der Schein trügt.

Der Pfad wurde enger, Äste und Blätter rasselten an den Fensterscheiben und spielten ihre Musik.

»Ich denke mal, dass ihr alle erschöpft seid. Daher lege ich euch ans Herz, etwas zu schlafen. Wir werden gut drei Stunden unterwegs sein und dann geht es im Hotel Schlag auf Schlag weiter.«, schlug Manuel vor.

»Bekommen wir denn auch noch mal was zusehen oder bleibt das hier so öde?«, fragte Silvia.

»Nein, die Sicht wird in einigen Kilometern besser, dort werdet ihr mit großer Sicherheit bestimmt auch noch das ein oder andere Tier sehen.«

»Aber die Tiere können uns nichts tun, oder?«, fragte Natascha.»

»Da müsst ihr euch keine Gedanken machen, solange wir im Bus sind wird nichts geschehen.

*Und was ist, wenn wir zwangsweise raus müssen?*, dachte sich Joe, behielt aber die Frage zurück, um die anderen nicht zu beunruhigen.

Die Gruppe war nun bereits zwanzig Minuten unterwegs, als sich wie versprochen die Fahrbahn verbreiterte und man mehr Einsicht in den Dschungel bekam. Es sah schon ein wenig gruselig und zugleich atemberaubend aus, wie einzelne Sonnenstrahlen sich durch die Bäume drängten und die Dunkelheit an einigen Flächen brach. Sie fuhren im Schnitt dreißig, ein gutes Tempo um alles zu inspizieren und die Natur zu begutachten.

»Seht mal da oben, riesige bunte Vögel!«, schrie Natascha.

Die so genannten Vögel saßen in Zweiergruppen weit oben in den Kronen der Bäume.

»Ich muss ein wenig korrigieren. Es sind Papageien, um genau zusagen ... Aras.«, erklärte Manuel.

Vierhundert Meter weiter schrie dann Chris.

»Wahnsinn, guckt mal da! Paviane! Eine riesige Gruppe von Pavianen!«

»Diese zum Beispiel, sollte ihr versuchen zu meiden. Sie sehen zwar friedlich aus, sind aber heimtückisch und sehr gefährlich. Auch wenn diese in der Regel weit oben in Kronen sitzen, sind sie schneller unten bei euch am Boden, als euch lieb ist.«, warnte Manuel.

Marie fühlte sich wie im Paradies. Sie, als Tierpflegerin und große Tierliebhaberin.

Für Joe kam es fast schon so vor, als wäre er auf einem Schulausflug durch einen Zoo. Alle Schüler waren aufgeregt und konnten es kaum erwarten, dass nächste Geschöpf des Dschungels zu erblicken und nach Möglichkeit, sogar zu Streicheln.

Der Bus fuhr immer tiefer in den Dschungel. Mal wurde der Fahrweg breiter und an anderen Stellen wieder schmaler. Viele Tiere liefen ihnen über den Weg und sie mussten diverse male halten, um keines zu überfahren. Es gab Stinktiere, Schlangen, große Spinnen, Leguane und viele weiter Arten von Vögeln, Papageien und Affen. Doch was sie noch nicht zu Gesicht bekamen, waren Raubkatzen. Es war vielleicht auch besser so.

Joe war recht begeistert und sah nun doch noch Hoffnung, dass dieser Urlaub einzigartig werden würde. Was aber nicht nur am Dschungel lag. Er saß neben der hübschen Marie und sie hatten viel Zeit, sich ein wenig kennenzulernen. Er war begeistert, von ihr und ihrer starken Persönlichkeit und malte sich insgeheim aus, dass er vielleicht hier auf der Insel, seine ersten Erfahrungen mit einer Frau machen würde. Eventuell ja sogar mit ihr.

# 8.

Voller erwarten auf das nächste Tier, sah Joe aus dem Fenster. Die Fahrbahn war breit und nicht mehr so sandig wie zuvor. Sie bestand überwiegend aus Lehm und einem Hauch von schwarzem Sand. Steine, in verschiedenen Größen und Formen lagen verteilt auf dem Pfad herum und sorgten für eine holprige weiterfahrt. Dennoch war dies kein Hindernis für Basti, Till und Silvia, das Traumland aufzusuchen.

Eine Weile verging und seit geraumer Zeit, bekamen sie kein Tier mehr vors Gesicht. Mit einem Gefühl der Enttäuschung, suchte und suchte Joe nach irgendeinem Lebenszeichen. Doch außer Bäumen und Büschen gab es nichts mehr zu sehen.

Ganz unverhofft, gab es plötzlich einen lauten Knall und der Bus kam ins schwanken. Der Busfahrer hatte seine Mühe, den Bus auf der Strecke zu behalten, schaffte es aber gerade so. Sie verloren rasch an Geschwindigkeit und kamen einige Meter weiter zum stehen. Basti, Till und Silvia erwachten mit einem erschrockenen und verwirrten Gesichtsausdruck aus ihrem Schlaf. Marie gab einen kleinen Schrei von sich und die Herzen aller rasten, als kämen sie gerade aus einer Achterbahn.

»Was ist passiert?«, fragte Basti.

Manuel drehte sich zu seinen Fahrgästen und bat um Ruhe. Sie sollen sich alle beruhigen, es sei nichts Schlimmes. Dann  drehte er sich zu dem Busfahrer um und tauschte einige Worte mit ihm aus. Manuel beendete nach knapp zwei Minuten das Gespräch und wandte sich wieder seiner Gruppe zu.

»Es ist nichts schlimmes Freunde, durch die Steine haben wir vorne rechts einen platten Reifen. Glücklicherweise haben wir einen Ersatzreifen dabei, den wir gegen den geplatzten tauschen können. Dafür müssen wir aber aussteigen. Wie schon gesagt, es gibt hier große Gefahren, daher bleibt in der Gruppe und geht nicht weg.«

Sie alle hatten ein wenig Angst davor den Bus zu verlassen, schließlich wussten sie nicht was dort alles rumkrabbelt.

»Kann man denn nicht jemanden anrufen, der uns abschleppt?«, fragte Chris.

»So leid es mir tut, aber wir sind hier im Dschungel und Handys funktionieren hier nicht. Das einzige Telefon, das voll funktionstüchtig ist, ist ein Satellitentelefon im Hotel. Also last uns keine Zeit verlieren.«, antwortete Manuel.

Sie alle stiegen aus dem Bus, streckten sich und Atmeten tief durch. Manuel und der Fahrer gingen auf direktem Weg zum hinteren Teil des Busses und öffneten die Rückklappe. Sie holten den Ersatzreifen und das dazugehörige Werkzeug heraus.

Der Reifen selbst, musste vom Aussehen her auch schon ein paar Jahre auf dem Buckel gehabt haben.

Basti und Chris machten sich daran, Manuel und den Fahrer zu helfen. Sie trugen gemeinsam den Ersatzreifen und das Werkzeug zum Bus und begannen mit der Reparatur. Laut Manuels aussage, sollte die Reparatur nicht länger als eine viertel Stunde dauern.

Die Frauen setzten sich auf einen Baumstamm, der am Rand des Weges lag. Till und Joe standen neben den Mädels und begutachteten das Geschehen aus sicherer Entfernung.

Es vergingen 20 Minuten des Herumhantierens und des Fluchens und noch immer schafften es die vier selbst-ernannten KFZ Meister nicht, den Bus wieder fahr-tüchtig zu bekommen. Es wurde immer schwerer für sie, da es bereits auf den Abend zuging und es immer dunkler wurde. Der Fahrer hatte dann die Idee nach einer Taschenlampe zu suchen, was jedoch vergebens war.

Doch schon kurz darauf nahte die Rettung. Ein Helles Licht schlich sich schnell von hinten an die Gruppe heran und erhellte die Gegend. Es war der Transporter mit den Gepäck, der den Bus einholte. Der Wagen hielt und die zwei Farbigen Einheimischen, Bob und Jules stiegen aus und gingen zum Bus. Bob war riesengroß, vielleicht zwei Meter, wogegen Jules ziemlich klein war. Er mochte vielleicht die ein Meter und sechzig gerade so überschritten haben. Die beiden lebten auf dieser Insel und kannten die Umgebung und ihre Tücken.

»Was habt ihr für ein Problem?«, fragte Bob nach. Genervt und müde, gab Til ihm Antwort.

»Uns ist der verdammte Reifen geplatzt. Kein Wunder bei so einer Schrottkiste und den ganzen scharfen Steinen hier.«

Die zwei Einheimischen gingen schnellen Schrittes zum kaputten Reifen und halfen.

»Wir müssen uns beeilen, es wird Abend und die Raub-tiere werden bald mit ihren Raubzug beginnen..«

»Ja, dass weiß ich auch Bob.«, sagt Manuel.

Sie fuhren gemeinsam mit der Reparatur fort und wurden innerhalb kürzester Zeit fertig.

Die Gruppe wurde immer nervöser und wollte nun so schnell wie möglich wieder in den Bus. Keiner von ihnen hatte Interesse, das Abendessen eines Raubtieres zu werden. Sie waren erleichtert, als sie Manuels erlösenden Worte hörten.

»Also gut liebe Abenteurer. Auf in den Bus, die Reise geht weiter. Sie ließen sich nicht lange bitten und stürmten zurück auf ihre Plätze.

# 9.

Die Gruppe war wieder unterwegs. Die Straßenverhältnisse hatten sich gebessert und sie kamen gut voran. Jeder schlief, bis auf Joe. Er sah nach draußen, konnte aber aufgrund der Dunkelheit kaum noch was erkennen. Nach einigen Minuten, musste der Fahrer wieder vom Gas gehen. Tiefe Löcher versuchten dem Bus, den Rest zu geben und weckten die schlafenden Gäste wieder auf. In einigen Metern Entfernung, sah Joe plötzlich etwas in den Büschen. Er bekam von dem Anblick Angst und Gänsehaut, die sich über seinem ganzen Körper verteilte. Er sah wie zwei leuchtend gelbe und bösartige Augen die Reisenden aus einem großen Busch heraus beobachteten.

Joe drehte sich blitzartig zu den der Reisegruppe.

»Seht mal dort rechts im Busch!«, schrie er.

Genauso blitzartig wie er seinen Kopf zur Gruppe wandte, war dieser auch schon wieder auf dem Busch gerichtet.

Jeder einzelne drängte sich an die Scheibe und sah hinaus.

»Was soll da denn sein?«, fragte Silvia.

»Na dort drüben, im Busch! Ich habe dort irgendwelche Gelb leuchtenden Augen gesehen. Es muss ziemlich groß gewesen sein.«

Doch er musste feststellen, dass dort nichts mehr war.

»Das hast du dir nur eingebildet Joe. Da ist nichts.«, erklärte ihm Basti.

»Doch wirklich! Ich habe dort Augen gesehen.«

Ohne einen weiteren Ton, begaben sich alle wieder auf ihre Plätze. Die Hälfte der Gruppe machte es sich bequem und versuchte wieder eine Weile zu schlafen. Die anderen sahen in ein Buch oder träumten vor sich hin. Nur Manuel starrte noch eine kurze Zeit mit einem komischen Gesichtsausdruck hinaus.

*Das habe ich mir doch nicht eingebildet. Irgendetwas hat uns da beobachtet. Oder?*

Eine halbe Stunde später, richtete Manuel wieder sein Wort an die Gruppe.

»So ihr lieben, wir haben nun nur noch eine Fahrzeit von einer viertel Stunde vor uns. Wenn wir am Hotel ankommen, werde ich euch eure Zimmer zeigen und kurz darauf gibt es Abendessen. Freut euch schon mal.«

Joe hielt weiterhin Ausschau nach den gelben Augen. Der Bus kam gut voran und die Gruppe erreichte erschöpft ihr Ziel.

Sie trafen auf ein riesiges Gelände, umgeben vom Dschungel und inmitten war das gigantische Hotel und einem Pool im Hinterhof. Das Hotel, sowie das gesamte Gelände, wurden von Flutlichtern erhellt und somit konnten sie alle den Anblick, der jedem einzelnen den Atem nahm, wahr nehmen.

Nun wusste Joe und auch jeder der Einzelgänger, dass es sich doch gelohnt hat an dieser Reise teilzunehmen. Joe bekam große Augen und konnte kaum noch still sitzen. So einen Ort hatte er bislang noch nie in seinem Leben gesehen und wollte unbedingt nach draußen und sofort alles erkunden. Doch er konnte sich beherrschen und zumindest warten, bis der Bus am Eingangsbereich zum stehen kam. Er war der erste der Aufstand und hektisch Richtung Ausgang lief. Die anderen folgten ihm kurz darauf und waren genau wie er sprachlos.

Der Eingangsbereich wurde durch zwei Säulen hervorgehoben. Das ganze Gebäude war blendend weiß, und sah aus, als hätte man es gerade erst frisch renoviert oder gar erbaut. Das Hotel hatte die Form eines V´s und besaß drei Etagen. Es strahlte in seiner ganzen Pracht und blendete die Reisenden mit seiner Schönheit.

»So liebe Gäste! Ich darf euch alle herzlich willkommen heißen, im wunderschönen und frisch renovierten Hotel Life Garden.«

»Das ist der Knaller!«, johlte Till fröhlich.

»Das kannst du aber laut sagen«, erwiderte Marie.

»Das ist ja der Knaller!«, brüllte er wieder voller Begeisterung und mit aller Kraft.

Fast jeder begann zu lachen.

»Na ja … ist ganz nett. Hier kann man es wohl ein paar Tage aushalten.«, entgegnete ihnen Silvia.

»Also dann, folgt mir bitte alle. Ich führe euch nun auf eure Zimmer. Diese liegen in der dritten Etage im linken Flügel des Gebäudes. Das Gepäck wird euch dann gleich aufs Zimmer gebracht.«

Im Gänsemarsch folgten sie Manuel durch den Haupteingang und hielten in der Lobby, die sich über alle drei Etagen erstreckte.

Ziemlich weit hinten war der Empfang, der aber im Augenblick nicht besetzt war. Direkt daneben, verlief links und rechts je eine Wendeltreppe zu den jeweiligen Etagen.

Die Lobby selbst war wie ein gleichschenkliges Dreieck gebaut. Die Gebäudeflügel verliefen schräg von der Lobby weg.

Das ganze Gebäude wurde von innen mit schwarz, glänzenden Granitplatten bestückt und gab den Gästen ein luxuriöses Gefühl. Durch die großen Fenster über der Eingangstür, die locker mit denen einer Kirche mithalten konnten, nur nicht so bunt, drangen die strahlen der Flutlichter hinein und erhellten die Lobby in einem warmen Ton.

»Wenn eure Münder dann wieder geschlossen sind und ihr die Sabber vom Boden entfernt habt, könnt ihr mir bitte auf eure Zimmer folgen.«

Sie erklommen gemeinsam die linke Wendeltreppe und betraten erschöpft den Flur der dritten Etage. Dieser war gut fünfzig Meter lang. Links und rechts, gab es im Abstand von je sieben Metern eine Tür.

»Nun gut, hier währen wir dann. Ich erkläre euch nun den Aufbau des Flures. Auf der rechten Seite befinden sich die Zimmer. Diese sind durchnummeriert. Es gibt auf jeden einzelnen Flur genau sieben davon. Das erste

Zimmer hat zum Bespiel die Nummer 301. Es geht dann weiter bis 307. Bei dem Flur auf der anderen Seite der Etage, geht die Reihenfolge dann weiter von 308 bis 314. Die zweite Etage beginnt, wie nicht anders zu erwarten mit der 2 und die erste Etage mit der 1. Im Erdgeschoss haben wir den Speisessaal und daran anschließend einen Partysaal. Auf der rechten Seite im Erdgeschoss, sind die Personalräume.

Wie bereits erwähnt, sind alle Flure genau identisch gebaut. Die erste Tür auf der linken Seite, ist die Toilette für die Damen, die zweite für die Herren. Tür drei und vier sind die Waschräume. Dort findet ihr alles, was ihr so benötigt, um zu entspannen und euch zu waschen. Vom Whirlpool, bis hin zur Sauna. Selbstverständlich sind diese auch wieder in Damen und Herren getrennt. Die letzten drei Türen führen in den Aufenthaltsraum. Vor der Renovierung, waren es drei einzelne Räume, die zu einem großen umgebaut wurden und dort findet ihr alles was ihr benötigt, um eure Freizeit zu gestalten, falls ihr mal keine Lust auf die Natur habt.

Ihr findet dort einen Fernseher, einen Billard Tisch, eine Dartscheibe, einen Poker Tisch und ein großes Sofa, auf dem ihr es euch gemütlich machen könnt. Alles steht euch frei zur Verfügung.«

»Das hier ist ja wirklich der absolute Luxus.«, sprudelte es aus Nataschas Mund.

»Das stimmt, es wird nichts geben, worüber ihr euch beschweren könnt. Und das ist ein Versprechen.«, sagte Manuel.

»Super, da sind ja auch schon Bob und Jules mit euren Koffern. Ich gebe euch nun eure Zimmernummern.

Basti du hast die 301, Till die 302, Chris die 303, Joe die 304, Natascha die 305, Silvia die 306 und Marie die 307. Ihr könnt euch nun in Ruhe einrichten und ein wenig erkunden. Wir haben es im Augenblick zwanzig vor acht. Wir treffen uns dann um halb neun im Speisesaal. Ich heiße euch nochmals herzlich Willkommen auf der Insel Pantok und im Hotel Life Garden, bis später dann.«

»Naja, als Notnagel ist dieses Hotel nicht schlecht. Immerhin in einem besseren Zustand, als das Flugzeug und die Fahrzeuge, die uns hier her gebracht haben.«, kommentierte Silvia.

Mit Augenrollen und Stirnrunzeln ging dann einer nach dem anderen los auf sein Zimmer.

Basti war der erste auf seinem Zimmer, stand auf seiner Türschwelle und begutachtete es Haargenau aus der Entfernung. Er kam aus dem Staunen gar nicht mehr heraus. Er war so begeistert, dass er sogar den Hunger, den er mittlerweile verspürte ganz und gar vergaß. Das Zimmer war riesen groß, mindestens fünfzig Quadratmeter. Die Deckenhöhe lag bei gut dreieinhalb Metern und an den Fenstern, es gab vier von ihnen, hingen edle Gardinen herab.

Zudem gab es ein Himmelbett aus Kiefernholz, das auf der rechten Seite des Zimmers stand. Es hatte Unmengen an Verzierungen.

Auch ein gigantischer Kleiderschrank aus Kiefernholz fand seinen Platz vor der linken Wand. Dieser besaß acht Türen, davon waren die mittleren mit zwei Spiegeln versehen.

Vor den zwei mittleren Fenstern, gab es eine Sitzecke mit einer Ledergarnitur und einem großen Tisch, auf dem frische Blumen standen.

Der Raum bildete eine Einheit und eine gemütliche Atmosphäre.

Nach langem umsehen, machte Basti sich an die Arbeit und packte sein Gepäck aus, obwohl er keine Lust mehr dazu hatte.

Drei Räume weiter war Joe am auspacken. Das begutachten seines Zimmers hatte er mittlerweile hinter sich gebracht und war genau wie Basti begeistert.

Als Joe fertig wurde, ging er als erstes in Richtung Aufenthaltsraum. Er betrat diesen und stellte fest, dass er nicht der einzige war der die Idee hatte. Chris, Natascha und Marie hatten sich bereits dort eingefunden und spielten Billard.

»Hey Joe, komm her und spiel mit. Wir benötigen noch einen vierten Spieler.«

»Klar … gerne doch.«

So begannen sie ihr Spiel.

Kurz darauf stieß dann auch Basti zu ihnen in den Aufenthaltsraum. Dort schnappte er sich die Pfeile und spielte eine runde Dart.

Es verging eine halbe Stunde und sie bemerkten, dass es Zeit wurde sich auf den Weg zum Speisesaal zu machen.

Im Eiltempo, getrieben vom Hunger, gönnten sie sich untereinander ein kleines Wettrennen, bei dem es beinahe ein Unglück gegeben hätte.

Als Joe Chris überholte, stolperte er über dessen Fuß, prallte ans Geländer und konnte sich gerade noch so daran festhalten, bevor er aus dem dritten Stock fiel.

# 10.

Im kolossalen Speisesaal, wartete bereits Manuel auf die Gruppe. Er saß ganz hinten am Ende des Tisches, der Platz für 22 Personen bereit stellte.

Silvia war die erste die eintraf und sich links von Manuel setzte. Sie genoss den Luxus des Badezimmers und gönnte sich ein ausführliches Bad im Whirlpool. Ihr Haar war noch immer Nass und einzelne Wassertropfen liefen ihr am Nacken hinunter.

»Das Badezimmer ist schön oder?«, fragte Manuel.

»Es ist ganz angenehm. Ich hatte nur viel zu wenig Zeit. Normalerweise benötige ich mindestens zwei Stunden.«, meckerte Silvia.

»Sag mal, trägt man das heute so? Auf der einen Seite einen Ohrring und auf der anderen keinen?«

»Wieso, was meinst du?«

Silvia griff sich an beide Ohren.

»So ein Verdammter Scheiß. Und schon wieder ein Ohrring weniger. Den muss ihm im Pool verloren haben. Na echt super.«

Silvia war zwar eitel und aus gutem Hause, aber fluchen konnte sie wie kein anderer.

Kurz darauf stieß die Gruppe aus dem Aufenthaltsraum zu ihnen. Angeführt wurde diese von Chris, der als erstes humpelnd den Saal betrat.

»Was ist denn mit dir passiert?«, fragte Silvia.

Die Gruppe setzte sich und Chris begann zu erzählen.

»Ganz einfach. Joe meinte sich umbringen zu müssen. Wir machten einen Wettlauf, dabei stolperte er über meinen Fuß und flog fast übers Geländer. Ist aber noch mal gut gegangen.«

»Tut mir bitte einen gefallen und passt ein bisschen besser auf euch auf. Es kann hier sehr schnell was passieren.«, flehte Manuel.

Am Tisch unterhielt sich die Gruppe erregt über ihre ersten Eindrücke. Sie fanden heraus, dass selbst die Zimmer identisch aufgebaut waren und Haargenau über dieselbe Innenausstattung verfügte. Nach einiger Zeit meldete sich dann Marie zurückhaltend zu Wort. Joe hörte gespannt zu, wie jedesmal, wenn sie etwas sagte. Er war von ihrer zarten, weichen Stimme so fasziniert, dass er sich auf nichts anderes mehr konzentrierte und Marie wie Hypnotisiert anstarrte.

»Ich habe da mal eine Frage, wir waren doch bei der Ankunft sieben, einschließlich Manuel, acht.«

»Dazu wollte ich gleich kommen, aber ich kann es euch auch jetzt mitteilen.«, antwortete Manuel.

»Till hat uns verlassen. Nachdem ihr alle auf eure Zimmer gegangen seid, folgte er mir und sprach mich unten in der Lobby an. Er sagte mir, dass es hier über-haupt nichts für ihn sei und lieber wieder nach Hause möchte. Sein Entschluss stand fest und wir erfüllten seinen Wunsch.

Ich soll euch alles Gute wünschen und ihn für sein Ver-halten Entschuldigen, weil er einfach so gefahren ist, ohne sich zu verabschieden.«

»Aber das kann doch gar nicht sein, er war doch total begeistert.«

»Anscheinend nicht. Außerdem erzählte er mir noch einen Grund, den ich euch aber leider nicht sagen kann, da ich es ihm versprochen habe. Glaubt mir, es ist besser so.

Ein wenig verwirrt und verwundert, sahen sie sich gegenseitig an. Was sollte er den auf einmal für einen Grund haben, zurück nach Hause zu wollen? Schon etwas merkwürdig.

»Also, ich lasse jetzt das Essen bringen und wir füllen dann endlich unsere Mägen. Ihr müsst einen Mordshunger haben. Juan! Das Essen bitte!«

Juan war zugleich der Koch, Butler und Empfangskraft im Hotel. Er verließ den Speisesaal und kam kurze Zeit später mit einem Wagen voller Leckereien und einheimischen Spezialitäten wieder. In der Mitte des Tisches, platzierte er die Platten mit dem Essen und sofort griffen die ersten danach. Basti war der einzige, der sich nur am Salat und an dem Gemüse zu schaffen machte. Er war wohl Vegetarier oder ähnliches.

»Was ist das denn für ein leckeres, zartes Fleisch?«, fragte Natascha.

»Das kann ich euch leider nicht verraten, damit würde ich den Koch verärgern. Es ist nämlich ein Geheimrezept der Einheimischen. Aber es freut mich, dass es euch schmeckt. Genießt es, es kommt nicht jeden Tag vor, das es dieses Fleisch gibt.«

Pappsatt und mit Kugelrunden Bauch, beendeten sie das Essen gegen zweiundzwanzig Uhr.

»So, ich gehe nun zu Bett. Das Frühstück wird um halb zehn serviert. Ich wünsche euch allen eine ruhige und angenehme Nacht.

Fast wie in einem Chor, erwiderte die Gruppe Manuels gute Nacht Wunsch.

Er verließ den Speisesaal und ging auf direktem Weg in die Personalräume.

»Mich interessiert ja, was das für ein Fleisch war.« tuschelte Joe.

»Ist doch egal, es hat geschmeckt und das ist alles was zählt. Vergiss es einfach.«, antwortete Basti.

Doch er musste es einfach wissen, es ließ ihm einfach keine Ruhe.

Nach weiteren fünf Minuten Plaudern, machten sie sich gemeinsam auf den Weg in die Zimmer. Sie alle waren durch die Reise erschöpft. Einer nach dem anderen verschwand in seinem Zimmer und schlief unmittelbar danach ein.

Auf dem Flur und im ganzen Hotel herrschte eine toten Stille. Nach etwa zwei Stunden, noch immer schlief jeder tief und fest, da öffnete sich quietschend die Tür von Zimmer 304. Es war das Zimmer von Joe. Leise schlich er sich auf den Flur, schloss seine Tür und begab sich zur Wendeltreppe.

*Mal sehen, was wir in der Küche finden. Von wegen vergiss es. Ich finde schon heraus, was für Fleisch wir da aufgetischt bekommen haben.*

An der Treppe angekommen, sah er sich vorsichtig um und erforschte jeden Winkel der Lobby vom 3. Geschoss bis hinunter zum Erdgeschoss. Da er nichts sah, geschweige denn hörte, machte er sich auf und stieg hinab. Noch immer erhellten die Flutlichter das gesamte Gelände, einschließlich der Lobby und machte so einen Abstieg um einiges sicherer. Unten angekommen, sah er sich noch mal behutsam um.

*Super alle Schlafen. Auf in die Höhle des Löwen.*

Er stand nun genau vor der Tür, die zum Flur des Personals führte. Joe öffnete diese und erschrak, als sie einen lauten quietschenden Ton, der durch die Lobby verstärkt wurde, von sich gab. Er atmete kurz durch, betrat den Flur und ging auf direkten Weg zur ersten Tür, auf der linken Seite des Flures.

»Bingo«, flüsterte er.

Auf dieser stand Küche. Mit größter Vorsicht ging er hinein, schloss die Tür hinter sich und knipste das Licht an.

»Oh mein Gott … das ist mal eine Küche«, flüstere Joe sich selber zu.

In der Mitte der Küche gab es eine Kochinsel, die sich gute fünf Meter lang und zwei Meter breit war. Darüber hingen an einem Gerüst Töpfe, Pfannen und Messer in jeder Form und Größe. An den Wänden standen Schränke und Joe machte sich daran, diese zu durchsuchen und fand dort drinnen Mehl, Zucker und zahlreiches Gemüse gebunkert, aber nicht das was er suchte. Selbst der Kühlschrank, den er entdeckte, gab nichts her. Also sah er sich genauer um und fand in der hinteren rechten Ecke, eine große, stabile Tür.

*Das muss das Kühllager sein.*

Ohne zu zögern setzte er sich in Bewegung, holte tief Luft und öffnete sie.

»Oh ja, dass ist sie«

Innerhalb von einer halben Sekunde, fegte über ihn eine arktische Kälte. Er bekam sofort eine Gänsehaut und bei jedem Ausatmen, stieg eine Wolke aus seinem Mund, als würde er gerade eine Zigarette Rauchen.

*Es ist ganz klar der Kühlraum.*

Das Licht dort drinnen ging automatisch an. Joe betrat die Kammer, rutschte aus und fiel direkt auf den Hosenboden. Es war dort Aal glatt und Joe fragte sich, wie Juan hier jedesmal ohne Verletzungen wieder herauskommt.

Er stand auf und schob einen Fuß nach den anderen vor. Es ähnelte den ersten Versuch, auf einer Schlittschuhbahn.

Joe sah sich um, konnte jedoch nichts finden. Es Gab dort nichts außer leere Regale und ein paar Haken, die an Ketten von der Decke hingen, wie die in einer Schlachterei.

Der Boden senkte sich ein wenig von den Wänden bis hin zur Mitte der Kammer, in der ein kleines Abflussgitter saß.

Joe war enttäuscht, kein Fleisch oder ähnliches in Sicht. *Wo zum Kuckuck, ist es den bloß eingelagert oder ist alles bereits aufgegessen?*

Joe wollte keine weitere Zeit mehr verlieren und es riskieren beim nächtlichen rumlungern erwischt zu werden. Zudem bekam man durch die Kälte in der Kammer schlecht Luft. Es waren locker minus zwanzig Grad und Joe fing langsam an zu zittern.

Plötzlich ertönte ein lauter knallt und ihm wurde schwarz vor den Augen.

Es war die Tür, sie ist zu.

Panisch glitt er zu ihr hin und tastete sie ab. Er fand einen Hebel und stellte voller Entsetzen fest, dass dieser sich nicht bewegen ließ.

*So ein mist, was mache ich jetzt. Ganz ruhig Joe, du findest schon hier raus, du musst jetzt nur einen kühlen Kopf bewahren.*

Nichts leichter als das bei diesen minus Graden.

Joe schlug mit aller Kraft gegen den Tür hebel. Da dies ohne Erfolgt blieb, gab er sein Vorhaben vorerst auf.

»Was mach ich jetzt bloß«, sprach Joe ängstlich zu sich.

Er entschied auf dem Boden, rechts in der Ecke neben der Tür platz zu nehmen. Dort igelte er sich zu einem Packet zusammen, um sich so ein wenig warm zu halten.

Nach etwa fünf Minuten, für Joe gefühlte dreißig, öffnete sich plötzlich die Tür und das Licht ging wieder an. Halb erfroren, schweifte sein Blick in Richtung Tür und sah eine Person hastig auf ihn zukommen. Es war Manuel.

»Ist alles ok bei dir?«, fragte er Joe besorgt.

Dieser gab ihm aber keine Antwort, da seine Gedanken-gänge durch die Kälte sehr beeinflusst worden sind.

Manuel griff Joe unter die Arme und half ihm bemüht auf die Beine. Als dieser wieder in der Aufrechten war, schlug Manuel den rechten Arm von Joe über seinen Nacken und griff ihm um die Hüfte.

Zittrig verließen sie gemeinsam die Kühlkammer und die Küche, um sich auf direktem Wege über die Treppen in Joes Zimmer aufzumachen. Während des sehr an-strengenden Marsches, verloren sie beiden kein einziges Wort. Im Zimmer angekommen, setzte Manuel Joe auf sein Bett ab, ging zum Kleiderschrank und wühlte nach frischen Sachen, da seine Kleidung schon extrem ge-froren war  und Joe unbedingt so schnell wie möglich wieder auf Betriebstemperatur kommen musste.

Umgezogen und unter Anleitung von Manuel, deckte der Patient sich zitternd zu und schloss die Augen.

»Wie geht's dir jetzt, ist dir warm genug?«

Joe öffnete seine Augen und sah Manuel voller Scharm an.

»Ich danke dir dafür Manuel, dass du mich aus diesem Eisbunker befreit hast.«

»Nicht dafür Mann. Sag mal, was ist eigentlich genau passiert?«

»Ich … ich war noch ziemlich hungrig und dachte mir, ich könnte noch etwas vom Abendbrot ergattern. Doch wie es aussieht, ging dies wohl ganz schön nach hinten los«

Manuel sah ihn fragend an.

»Und wieso warst du eingesperrt?«

»Gute Frage. Als ich die Küche betreten habe, sah ich mich ein wenig um, konnte aber nicht finden. Daher ging ich dann ich die Kühlkammer, aber auch dort war nichts mehr vom Abendessen. Ich wollte gerade wieder losgehen, als dann auf einmal die Tür zu viel und das Licht ausging. Als ich dann raus wollte, lies sich die Tür nicht mehr öffnen und ich klopfte mit aller Kraft gegen den Hebel. Ohne Erfolg, wie du festgestellt hast.«

»Mmh … komisch. Eigentlich kann die nicht so einfach zu fallen. Wie gut, dass ich die Schlaggeräusche gehört habe. Wer weiß, ob wir uns sonst jemals wieder unterhalten hätten. Hast du denn zufällig jemanden gesehen?«

»Nein niemanden und gehört auch nicht.«

»Na gut Joe. Ich werde dich erstmal in Ruhe lassen. Aber bitte versprich mir, dass du keine nächtlichen Spaziergänge mehr machst. Sonst könnte es passieren, dass dir noch etwas zustößt und das wollen wir ja nicht.«

»… ja … da hast du recht Manuel. Versprochen.«

»Also, bis morgen früh dann. Ruh dich aus und eine gute Nacht.

# 11.

Am nächsten Morgen, es war bereits kurz nach halb
zehn, erwachte Joe aus seinen Schlaf.
*So gut habe ich schon lange nicht mehr geschlafen,*
dachte er sich.
Er streckte sich in alle Richtungen und hörte seine
Knochen knacken. Zufällig sah er in Richtung Tür, erblickte die Zimmeruhr, die darüber hing und sprang wie
eine Gazelle aus dem Bett.

»So ein mist! Ich komme zu spät zum Frühstück.«
In rasanter Eile, rannte er zum Kleiderschrank, zog sich
während des Weges dorthin aus, verhedderte sich und
knallte mit seinem Kinn, gut eine Kopflänge vor dem
Kleiderschrank, auf dem Boden. Wäre er doch besser
stehen geblieben als er seine Hose herunterließ.
Joe war nun durch eine rötlich gefärbte Schürfwunde am
Kinn gezeichnet.
Sein Hunger bewegte ihn dazu, schnell wieder aufzu-
stehen. Er hatte einen bären Hunger.
Er nahm sich eine Shorts und ein Hemd im Farbton
Froschgrün aus dem Schrank, es war im dabei einerlei
wie er aussah und verließ schnellen Schrittes sein
Zimmer, überwindet die Treppe und stürmte in den
Speisesaal.

»Guten morgen du Schlafmütze. Ausgeschlafen?«
fragte Manuel.

»Ja ... habe sehr gut geschlafen, danke.«

Er bemerkte, wie er angestarrt wurde, so als sei er ein Alien.

»Was ist denn?«, fragte Joe.

»Gewagtes Outfit.«, antwortete ihm Chris.

»Ach darum guckt ihr so. Das trägt man heute so in Paris, London und Mailand.«, scherzte er und seine Freunde begannen zu lachen.

Joe nahm seinen alten Sitzplatz ein und blickte auf den Prall gedeckten Tisch. Es gab Brötchen, Croissants, Speck, Eier und zahlreiche Sorten von Käse und Wurst.

»Da staunst du was. Genau so große Augen machten wir auch, als wir den Tisch gesehen haben.« sagte Marie und bemerkte seine Wunde am Kinn.

»Was ist mit dir passiert?«

»…«

»Joe!?«

»Oh, tut mir leid. Naja, als ich aufwachte und be-merkte, wie spät es bereits war, sprang ich auf, zog mich aus und viel dabei hin.

»Ist den alles in Ordnung mit dir?

»Ja … danke.«

Joe war ganz verlegen und Hypnotisiert von ihrer Stimme. Eine wahnsinnige Party, ging in seinem Bauch ab, als er mit Marie sprach. Was für ein wunderbares Gefühl.

Als das geklärt war, griff Joe zu und stopfte alles in sich hinein was er bekam.

Während des Frühstücks, unterhielt sich die Gruppe ausgiebig und sie kamen wieder auf die Abreise von Till zu sprechen.

Sie konnten einfach nicht verstehen, dass es ihm hier nicht gefiel, obwohl er nur positive Aussagen machte.

Aber es wird schon ein triftiger Grund sein, stimmten alle ein. Natürlich bis auf Silvia, ihr war das egal.

Als so ziemlich jeder mit dem Frühstücken fertig war, machte Manuel eine Ansage.

»So meine Freunde, ich erkläre euch mal eben den Tagesplan. Bis um vierzehn Uhr, könnt ihr eure Freizeitplanung selbst gestalten. Seht euch die Umgebung an, nutzt den Aufenthaltsraum oder genießt ein wenig den Pool, der ist sehr erfrischend bei dieser Hitze.

Dann gibt es Mittagessen und danach werde ich euch, mit einem naheliegenden Geheimtipp überraschen.«

»Was ist das denn für ein Geheimtipp?«, fragte Chris.

»Würde ich es euch jetzt schon erzählen, wäre es ja keine Überraschung mehr. Wartet es einfach ab.

Also dann, ich wünsche euch schon mal viel Spaß und wir sehen uns später. Denkt aber daran, nicht zu weit in den Dschungel zu gehen, solange wir nicht gemeinsam dort waren und ich euch eingewiesen habe, worauf ihr zu achten habt.«

Manuel machte sich auf, verließ die Gruppe und ging zu den Personalräumen.

»Hat einer von euch ne Idee, was wir machen könnten?«, fragte Natascha.

»Ich weiß ja nicht was ihr macht, aber ich gehe an den Pool.«, äußerte sich Silvia.

»Mach doch was du willst, du Hexe.«, flüsterte Natascha.

»Bitte, ich habe dich nicht richtig verstanden, was sagtest du?«

»Ähm … nur das ich dir dort viel Spaß wünsche.«

»Den werde ich haben, keine Bange.«

»Also, wenn es euch nichts ausmacht, würde ich lieber auf mein Zimmer gehen und eine runde Schlafen, bin noch ziemlich Müde. Werde aber dann später zu euch stoßen, wenn es in Ordnung ist.«, sagte Basti.

»Sicher doch, kein Problem.«, antwortete Joe. »Und was machen wir nun?«

»Ich hätte Lust, die Gegend ein wenig zu erkunden.«, sagte Marie.

»Da bin ich dabei.«, schoss es aus Joes Mund.

*Das ist die Gelegenheit, sie näher kennenzulernen und Zeit mit ihr zu verbringen*, dachte er sich. Nur sie und er.

»Gute Idee, wir kommen auch mit.«, warfen Natascha und Chris ein.

*Na toll, dass war es mit dem allein sein.*

Nichts desto trotz, gab Joe die Hoffnung nicht auf. Er konnte sie dennoch besser kennenlernen.

Den Freizeitplan geschmiedet und ausreichend gesättigt, machten sie sich in ihre Zimmer auf, um sich vorzubereiten. Die vier Forscher zogen sich lange Kleidung an, um ihre Beine, Arme und den restlichen Körper zu schützen.

Silvia war als erstes fertig, machte sich auf den Weg zum Pool und gönnte sich ein Sonnenbad, auf einer der Liegen.

Chris und Joe verließen fast Zeitgleich ihre Zimmer und warteten im Flur auf die Mädels.

Joe war schon ganz aufgeregt und konnte es kaum noch erwarten mit Marie loszuziehen.

Kurze Zeit später, kamen dann auch Marie und Natascha aus ihren Zimmern und sie machten sich gemeinsam auf den Weg in die freie Natur.

Sie verließen das Hotel und überquerten die Wiesen in Richtung Dschungel. Auf halbem Weg, blieb Joe stehen und sah sich um.

»Seht euch mal das an. Tagsüber, ist es noch viel schöner, ein wahres Prachtstück.«, sprach Joe.

Die drei anderen sahen sie ebenfalls um und waren begeistert.

Die Sonne brachte das weiße Hotel zum strahlen und ließ es noch prächtiger wirken, was durch den saftiggrünen Dschungel im Hintergrund unterstrichen wurde und ein traumhaftes Panorama bot.

Chris drängte die drei anderen, dass er weiter wolle. Zu gespannt, war er auf die Erkundung im Dschungel. Also machten sie sich weiter daran, die Wiesen zu überqueren. Ab und an, sprangen vor ihren Füßen ein paar Mäuse, die vor den Riesen flüchteten. Glücklicherweise, störte es die Frauen nicht und somit gab es auch kein Geschrei.

Während des ganzen Weges, liefen Joe und Chris, direkt hinter den Frauen. Joe beäugte Marie heimlich und malte sich aus, wie schön es wäre, sie zu umarmen, ihren Körper an seinen zu spüren und ihre zarten Lippen zu küssen. Noch nie hatte er solch Gefühle gespürt.

Doch Joe erfuhr später, dass seine Blicke nicht unbemerkt blieben.

Sie kamen an den Dschungelrand, standen in einer Reihe nebeneinander und starten in diesen hinein. Er war sehr dicht bewachsen und würde es nicht einfach machen, sich dort drinnen fortzubewegen.

»Da sind wir. Das wird ein hartes Stück Arbeit und daher schlage ich vor, dass  Chris und ich vor gehen und versuchen den Weg frei zu machen. Aber denkt dran was Manuel sagte, wir sollen nicht zu weit hinein gehen.«

Sie stimmten Joe zu und die beiden Männer preschten in die Büsche, gefolgt von Marie und Natascha.

Joe und Chris fingen sich einige Kratzer ein, die in Kombination mit ihren Schweiß, anfingen zu brennen. Nach einigen Metern, lichteten sich die Büsche und sie konnten ohne große Anstrengung, tiefer in den Dschungel gehen und diesen erforschen. Schon nach kürzester Zeit, machten sie ihre ersten Entdeckungen. Pflanzen, mit dreifarbigen Blüten, lila, rot und orange, färbten den grünen Dschungel.

Natascha wollte sich gerade eine pflücken, als sie Marie davon abhielt.

»Stop. Weißt du was für eine Pflanze das ist?«, fragte Marie sie.

»Nein, du etwa?«

»Ne, eben nicht. Wir wissen nicht, ob sie giftig ist oder was sie sonst für Eigenschaften hat. Wir sollten nichts anfassen oder gar mitnehmen.

»Hast recht, darüber habe ich nicht nachgedacht. Die Blüten sind einfach so schön, dass ich mich von ihnen hinreißen lassen habe.«

»Dann wäre das ja geklärt, lasst uns weiter.«, warf Chris ein.

Die Zeit verging und obwohl sie darauf achteten, nicht zu weit in den Dschungel zugehen, drangen sie immer tiefer in ihn ein, ohne es überhaupt wahr zunehmen.

Seit geraumer Zeit, liefen Joe und Marie nebeneinander her und unterhielten sich intensiv. Sie stellten viele Ge-meinsamkeiten fest, lachten zusammen und hatten Spaß. Joes Interesse an ihr wurde immer stärker und hoffte, dass es auf Gegenseitigkeit beruht. Ab und an hatte er das Gefühl, dass es wirklich so sei.

Er wunderte sich überhaupt, dass er sich ohne Probleme mit ihr unterhalten konnte, ohne zu stocken oder gar rot zu werden. Schließlich hatte er noch nie eine Freundin oder gar soviel Kontakt mit einer Frau. Doch bei Marie war es einfach. Er fühlte sich wohl bei ihr und sie gab ihm das Gefühl der Sicherheit. Joe wünschte sich, die Reise würde nie enden.

»Ich muss ehrlich sagen, ich bekommen langsam Kohldampf.«, klagte Chris.

»Wo du es gerade sagt.«, stimmte Joe ein. »Es muss hier doch irgendwo Früchte geben oder etwas anderes essbares geben.«

»Schau, dort oben! Sieht aus wie Pflaumen.«, rief Chris.

»Ich kann mir zwar nicht vorstellen, dass das dort oben Pflaumen sind, aber lass uns mal nachsehen.

Ohne zu zögern, liefen Joe und Chris zu dem Baum, an dem die Früchte hingen und waren gerade dabei, an ihm hochzuklettern, als sie von einer bestimmenden Stimme abgehalten wurden.

»Chris! Joe! Habt ihr vergessen was wir besprochen haben. Nichts anfassen oder mitnehmen und erst recht nicht essen. Außerdem ist der Baum sehr hoch und ihr könntet stürzen. Das ist viel zu gefährlich.«

»Keine Angst Marie, Chris und ich passen auf. Außerdem wollen wir uns die ja nur mal ansehen, wir sind gleich wieder bei euch versprochen.

Marie schüttelte mit dem Kopf und sah Natascha an.

»Männer.«, flüsterte sie.

Joe sah zeitgleich Chris an.

»Frauen.«, flüsterte er.

Sie machten sich also auf und erklommen den Baum, bis hin zu den Früchten. Sie waren rot und sahen sehr verführerisch aus. Den beiden lief regelrecht das Wasser im Mund zusammen und ihre Mägen knurrten lautstark.

»Fangt!«, rief Joe und sie rissen die ersten Früchte ab, die Pflaumen ähnelten, aber definitiv keine waren und warfen sie hinunter.

Bereits sieben Früchte fanden ihren Weg vom Baum in die Hände von Marie und Natascha. Joe warf die letzte hinunter, die Natascha aus den Händen glitt, auf die Kante ihres Fußes fiel und paar Meter weiter ins hohe Gras rollte.

Sie folgte der Frucht, fand sie und blieb starr stehen. Ein rasselndes Geräusch stieg vor ihr hervor und sie blickte in zwei totbringende Augen.

»Marie! Hilfe! Eine Schlange.«

»Bleib ruhig stehen und egal was ist, beweg dich nicht.«, befahl sie ihr. »Joe, kommt schnell runter, hier ist eine Schlange!«

»Was hat sie gerufen?«, fragte Joe.

»Ähm … das dort unten eine Schlange sei und wir runter kommen sollen. Geh du schon mal vor, ich komme dann gleich nach.«

»Du Angsthase.«, sagte Joe und grinste. »Sie ist ganz bestimmt harmlos.«

Joe stieg hinab und näherte sich langsam Natascha, hörte es rasseln und fand, dass Chris gar keine schlechte Entscheidung traf.

Joe schlich sich bis auf zwei Meter an Natascha heran.

»Nicht bewegen, ich lasse mir was einfallen.«

»Nichts leichter als das. Selbst wenn ich wollte, könnte ich mich aus Angst keinen Zentimeter fortbewegen.«

»Marie!«rief er. »Besorg mir einen langen Ast, er muss mindestens zwei Meter lang sein.«

Ohne zu zögern, machte sie sich auf die Suche und fand kurz darauf einen Geeigneten Ast. Sie gab ihn Joe.

Er ging einige Schritte Seitwärts, so das er zur Nataschas rechten stand. Er erblickte die Schlange und sah, wie ihre ganze Aufmerksamkeit auf Natascha gerichtet war. Eine einzige Bewegung von ihr und die Schlange hätte in null Komma nichts zugebissen.

»Wenn ich jetzt rufe, rennst du zu Marie. Verstanden?«

»Ja … alles klar.«

Ihre Herzen schlugen wie verrückt vor Aufregung und Angstschweiß lief ihnen über die Stirn. Was für ein Adrenalin kick, den beide lieber hätten meiden wollen. Vorsichtig, näherte sich Joe mit dem Stock der Schlange.

»Jetzt!«

Natascha schnellte los und Joe haute gekonnt, den Ast hinter den Kopfansatz der Schlange und drückte sie zu Boden. Dann lief auch er weg.

*Riskant, aber wirkungsvoll*, dachte sich Joe.

Auch Chris war bereits von seinem Baum gekrochen und gemeinsam liefen sie zurück in Richtung Hotel.

Nach einigen hundert Metern, völlig außer Atem, hielten sie um Luft zu schnappen.

»Ich danke dir Joe, dass mich vor dieser Schlange gerettet hast. Ich wüsste nicht, was sonst passiert wäre.«

»Nicht der Rede wird. Habe ich gerne getan, aber wir sollten weiter gehen. Es gibt bald Mittagessen und wir haben noch ein Stück vor uns.«

»Solch ein mist, jetzt haben wir die Früchte dort liegen lassen. Hatte mich so darauf gefreut.«, schimpfte Chris.

»Ich würde sagen, die Früchte sind völlig egal. Wir können froh sein, dass wir überhaupt heil dort weg gekommen sind.«

»Na gut, hast ja recht.«

Sie gingen weiter, verließen nach einiger Zeit den gefährlichen Dschungel, den sie völlig unterschätzt hatten und kamen genau zu rechten Zeit am Hotel an.

## 12.

Es warteten bereits Manuel und die anderen auf sie und waren verwundert, als Chris, Marie, Natascha und Joe, erschöpft und noch immer aufgedreht, den Speisesaal betraten.

Sie setzten sich, Joe nahm natürlich neben Marie Platz und sie wurden sofort von Manuel ausgefragt.

»Was ist den passiert. Ihr seht ja ganz schön fertig aus.«

»Wir waren im Dschungel und stießen dort auf eine Schlange.«, antwortete Chris.

»Was?«

»Kurz und knapp, wir sind zu weit in den Dschungel geraten, ohne es allerdings zu bemerken und als wir auf einen Baum stiegen, um Früchte zu sammeln, traf Natascha auf eine Klapperschlange. Es ist aber glücklicherweise nichts passiert. Wir flohen und sind gesund und munter wieder hier.«, erklärte ihm Joe.

»Ich habe euch doch gewarnt. Naja, war mein Fehler. Ihr kennt den Dschungel nicht und ich ließ euch alleine losziehen. Nur gut, dass euch nichts passiert ist. Dennoch, werde ich jetzt ein Verbot aussprechen. Niemand betritt den Dschungel, ohne das ich dabei bin.«

»Aber was kann ich den dafür, dass die Pappnasen gegen die Regeln verstoßen? Warum muss ich mich den daran halten?«, schimpfte Silvia.

»Das hat nichts mit dem Ereignis zu tun. Ich möchte einfach nicht, dass ihr ohne mich dort hingeht. Eigentlich, bin ich generell dagegen, dachte mir aber, dass euch meine kleinen Ansprachen über die Gefahren abgeschreckt hätten und machte mir daher keine weiteren Gedanken darüber. Also es bleibt dabei und zählt für jeden einzelnen.«

Silvia schnaufte und sah die vier Übeltäter mit einem bösen Blick an.

»Dennoch wird keiner leer ausgehen. Nach dem Mittagessen habe ich eine gemeinsame Erkundungstour geplant. Wir werden zusammen in den Dschungel gehen und dann gibt es wie versprochen die Überraschung. Ich bitte euch Strandtaugliche Sachen einzupacken und Sonnencreme.«

»Super, es geht an den Strand«, sagte Chris.

»Wie gesagt, lasst euch überraschen. Aber ich will nun nicht mehr weiter quasseln. Lasst uns mit dem Essen beginnen, bevor noch alles kalt wird.«

Wieder wurde reichlich aufgetischt und die Augen jedes einzelnen, wurden riesen groß.

Es schmeckte vorzüglich und alle wurden papp satt.

Nach dem Essen, gingen sie voller Freude und Spannung auf ihre Zimmer, packten sich Sonnencreme, Badesachen und Getränke in ihre Rucksäcke und trafen sich kurze Zeit später mit Manuel in der Lobby. Die Gruppe ging los. Angeführt von Bob und Jules, die draußen auf sie warteten, überquerten das Gelände auf der linken Seite des Hotels und bahnten sich ihren Weg in den Dschungel. Bob und Jules hatten zwei Macheten dabei und schufen so einen angemessenen Durchgang.

Unterwegs erklärte Manuel den Urlaubern etwas über die Pflanzen und Tiere, die ihren Weg kreuzten. Zum Teil konnte die Gruppe diese auch anfassen, sofern sie sie fangen oder erreichen konnten.

Nach einer guten Stunde und um einiges Wissen reicher, war es dann soweit, sie hatten ihr geheimes Ziel erreicht.

»Ich habe nun das Vergnügen, den schönsten und Ge-mütlichsten Strand Pantoks zu präsentieren.«

»Das ist mal ein Strand, der ist einfach hinreißend.«, lobte Basti.

Der Rest der Gruppe, war einfach nur Sprachlos. Es war das Paradies auf Erden und wahrscheinlich, einer der schönsten Buchten der Welt. Klares Wasser, ein weißer Sandstrand der sich über zweihundert Meter, Halbmondförmig erstreckte und dann wieder auf den Dschungel traf, Kokosnusspalmen mit Hängematten und auf der rechten Seite des Strandes, wurden Sprungbretter auf den leicht begehbaren Felsen montiert.

»Wer als erstes im Wasser ist!«, rief Marie und rannte los. Chris folgte ihr sofort und als auch Joe sich wieder vom umwerfenden Anblick gefangen hatte, sprintete auch er los.

Nach und nach, folgten ihnen die anderen, bis auf Manuel, Bob und Jules, sie verkrochen sich in den Schatten am oberen Strandende. Basti war der letzte, der das erfrischende, kühle Nass erreichte. Keine Wunder, er war auch der einzige, der es ganz sinnig angehen lies, wie er es immer tat und ging Schritt für Schritt tiefer ins Wasser.

Sie alle alberten im Wasser herum, tauchten und spritzten sich voll. Selbst die ach so hochnäsige Silvia, ließ ihren Gefühlen freien Lauf und lachte herzlich.

Fast eine halbe Stunde turnten sie herum, als dann einer nach dem anderen das Wasser verließ, sich auf einer der Hängematten oder seinem Badetuch breit machte und die Sonne genoss. Die einzige, die im Wasser blieb war Silvia.

Joe, der auf seinem Badehandtuch neben Chris lag, genoss die Sonne und seinen Urlaub sichtlich. Ein zufriedenes lächel schmückte sein Gesicht und er nutzte die Ruhe und Zeit, um seinen Gedanken freien Lauf zu lassen und von seinem bisherigen Schicksal Abstand zu nehmen.

*Ich hätte es mir nie erträumen lassen, dass ich mal solch eine schöne Zeit verbringen würde, mit Freunden und jede Menge Spaß. Niemand war da, der Scherze auf meine Kosten macht, niemand der Streiche spielt oder mich Niedermacht. Die Reise hat mich auf jeden Fall verändert und ich glaube es geht nicht nur mir so. Ab heute, beginnt für mich ein neues Leben. Nichts lasse ich mir mehr gefallen und werde meinen Weg gehen.*

Und damit hatte er Recht. Er war nicht der einzige. Sie alle hatten sich mehr oder weniger verändert und es tat ihnen allen gut. Sie wurden aufgeschlossener, Selbstbewusster und zeigten Stärken, die sie selbst überraschten.

Joe schloss seine Augen, träumte vor sich hin und schlief ein. Doch sein schlaf sollte nicht von langer Dauer sein. Nach einigen Minuten, Joe war gerade eingenickt, weckten ihn aufgeregte Schreie und rufe. Er setzte sich blitzartig auf und sah um sich. Marie und die anderen sahen entsetzt zum Wasser hinaus. Basti lief los, an Joe vorbei, auf Meer zu.

Silvia, die noch immer im Wasser war, schrie um Hilfe. Sie wedelte und schlug mit ihren Armen umher und versuchte an der Oberfläche zu bleiben. Doch sie sank immer wieder unter Wasser, blieb kurze Zeit verschwunden und tauchte dann wieder auf. Es sah aus, als würde sie immer wieder etwas herunterziehen.

Chris folgte Basti, der bereits im Wasser war und so schnell er konnte zu Silvia schwamm. Kurz bevor Basti dann Silvia erreichte, sank sie ein weiteres Mal ab, kam aber nicht wieder zum Vorschein. Als er an die Stelle erreichte, an der Sie verschwand tauchte er ab, tauchte nach einer halben Minuten wieder auf, allerdings ohne Silvia und tauchte nach ein paar Luftzügen wieder ab. Auch Chris machte sich daran und tauchte nach ihr. Einige Versuche später, gelange es ihnen dann gemeinsam, Silvia zu finden und an die Wasseroberfläche zurück zubringen. Basti setzte einen griff an, den Joe immer in Baywatch sah und brachte sie so sicher zum Strand.

Joe lief und half ihnen auf den letzten Metern. Er zog Silvia aus dem Wasser und legte sie einige Meter vom Wasser entfernt auf den Strand.

Ihr Puls war schwach und sie Atmete nicht mehr. Sofort fing Joe mit der Beatmung an, blieb aber vorerst erfolglos. Nach einer weiteren Minute, es kam allen wie eine

Ewigkeit vor, begann Silvia Wasser zu spucken und Selbstständig zu atmen. Joe rollte sie umgehend auf die Seite, damit das ganze Wasser aus ihren Mund floss.

Noch benommen und verwirrt, öffnete Silvia ihre Augen und Marie, die Panisch vor Angst gewesen war, warf sich in den Sand neben Silvia und nahm sie in den Arm.

»Was machst du bloß für ein mist?«, fragte Marie.

Auch dies war wieder eine Situation, die Joe so bewundernswert an Marie fand. Es zeigte ihre guten Eigenschaften. Silvia war eine Hexe, eine ich bezogenen Person und nichts desto trotz, umarmte Marie sie, als sei es ihre beste Freundin.

Manuel und die zwei Einheimischen, waren am Ort des Geschehens angekommen, fragten nach ihrem Zustand und was genau geschehen war.

»Ich weiß es nicht genau. Irgendetwas hat mich am Fuß gepackt. Ich trat danach, konnte mich immer wieder befreien, aber schon kurz darauf, ergriff es mich erneut. Es war was großes, Starkes.«

»Ruh dich aus Silvia.«, befahl Marie.

Die Männer sahen sie fragend an. Chris tippte Joe auf die Schulter und zeigt mit einem Kopfnicken auf Silvias Bein.

Es musste wirklich was sehr großes gewesen sein, stellte Joe fest. Tiefe Einschnitte, die aussahen wie die Kratzer eines Raubtieres, liefen am rechten Knie bis hinunter zum Knöchel.

*Aber was für ein Tier lebt bitte im Wasser und fügt jemanden solche Kratzer zu*, dachte Joe nach.

Silvia bemerkte die Wunden erst spät und begann zu schreien. Sie spürte zwar keine Schmerzen, aber der Anblick reichte ihr.

»Nein! Mein schöner Körper ist ruiniert. Wie soll ich mich jetzt noch in die Öffentlichkeit trauen, so entstellt wie ich bin. Ich kann … . Noch bevor sie weiter sprechen konnte, fiel sie in Ohnmacht.

Auch der Rest der Gruppe bemerkte nun die Wunden und Natascha fragte Manuel, ob er was damit anfangen könne. Schließlich kannte er die Insel und ihre Lebensformen sehr gut.

Doch er musste passen.

»Ich habe echt keine Ahnung. Noch nie habe ich so etwas gesehen oder erlebt. Bislang lief alles immer glimpflich ab.«

Auch die zwei Einheimischen, zuckten nur mit ihren Schultern.

»Ist auch erstmal egal, wir müssen sie zurück ins Hotel bringen und ihre Wunden versorgen.«, erklärte Basti.

»Das machen wir. Packt eure Sachen zusammen, Bob und Jules werden Silvia zurück tragen.«, befahl Manuel.

Sie machten sich auf den Weg und verließen den Strand. Kurz bevor sie wieder den Dschungel betraten, drehte sich Joe um und sah Basti, wie dieser einige Meter von ihm entfernt dastand und zum Meer hinausblickte.

»Basti komm! Wir haben keine Zeit.«

»Bin unterwegs!«

Im Sand schleifend, ging er einige Schritte Rückwärts, drehte seinen Körper herum, behielt dennoch seine Augen auf das Meer gerichtet und verschwand mit den anderen im Dschungel.

# 13.

Nach einer Stunde Marsch durch den Dschungel, traf die Gruppe auf das Hotel und sie gingen hinein.

»Ich werde mich um Silvias Wunden kümmern, macht euch keine Sorgen, es wird ihr morgen bereits besser gehen und denkt an das Abendessen um neunzehn Uhr.«, sagte Manuel und verschwand mit Bob und Jules hinter der Tür zu den Personalräumen.

»Ich hoffe es ist nicht so schlimm und es geht ihr wirklich morgen wieder besser.«, sagte Marie.

»Ich denke schon. Solch eine Wunde, kriegt Silvia mit Sicherheit nicht klein.«, antwortete Natascha.«
Joe sah fragend in die Gruppe.

»Und, was machen wir nun? Noch ist etwas Zeit bis zum Abendessen.«

»Ich werde Duschen gehen und mich in den Aufenthaltsraum zurück ziehen.«, sagte Marie.

»Ich schließe mich ihr an«, entgegnete Natascha.

»Alles klar. Dann sehen wir uns beim Essen. Ich werde noch zum Pool gehen, noch habe ich ja die passenden Sachen dazu an.«, meinte Joe.
Die zwei Frauen gingen los und Joe schlenderte zum Pool. Chris und Basti folgten ihm.
Es war Essenszeit und alle hatten sich wie gewohnt, frisch geduscht und mit mächtigem Hunger im Speisesaal eingefunden. Die Stimmung war trüb, niemand hätte mit einem Unfall im Urlaub gerechnet. Auch wenn es nichts Verheerendes war, es hätte aber auch schlimmer kommen können. Erst jetzt wurde es allen klar, wie ge-

fährlich der Dschungel wirklich war. Sie hatten es bisher immer auf die leichte Schulter genommen und sich eingeredet, dass schon nichts passieren wird.

Während sie aßen, zog ein kleines Gewitter auf. Es begann zu regnen und zu donnern. Blitze erhellten die Räume des Hotels.

Es wurde früh dunkel auf Pantok, selbst während der Sommermonate und noch schlimmer wurde es durch das Gewitter.

»Ich denke mal, einer Party im Freien, können wir heute nicht mehr machen.«, warf Chris in die Gruppe.

Während des Essens berieten sie sich, was sie heute Abend noch veranstalten könnten und entschlossen sich, den Abend gemeinsam im Aufenthaltsraum ausklingen zu lassen.

Dort spielten sie ein wenig, unterhielten sich und nahmen Drinks zu sich. Nach einigen Stunden, gingen sie dann zu Bett.

Mitten in der Nacht wachte Joe auf. Er hatte ein seltsames Gefühl, konnte es sich aber nicht erklären.

Verschlafen torkelte er zum Fenster und sah hinaus.

Noch immer herrschten Regen, Donner und helle Blitze über die Nacht. Joe sah sich das Gelände genauer an und bekam einen Schock, der ihn erstarren ließ.

*Nein, nicht schon wieder.*

Weit hinten am Dschungelrand, erblickte er wieder diese hell leuchtenden Augen, die ihn ansahen. Verstört rieb er seine Augen und sah noch einmal nach. Wie zuvor im Bus, waren sie beim zweiten hinblicken verschwunden.

*Das kann doch nur Einbildung sein. Ich mache mir selbst was vor.*

Joe schlenderte zurück zum Bett, warf sich hinein und schloss seine Augen.

Einige Sekunden später, Joe war dem Traumland sehr nahe gekommen, zersprang das Zimmerfenster, aus dem er eben noch sah und riss seine Augen auf.

Eine dunkle, riesige Gestalt stand in seinem Zimmer und sah ihn mit seinen gelben Augen an.

Joe wollte schreien, konnte aber vor Angst nicht. Selbst eine Flucht war unmöglich, so starr lag er da.

Ohne weiter zu zögern, machte die Kreatur einen Satz auf Joes Bett, holte mit seinen gigantischen Pranken aus und wollte gerade zuschlagen, um Joes Kopf vom Körper zu trennen.

Joe wachte schweißgebadet auf.

Es saß Kerzen gerade in seinem Bett, richtete seinen Blick zum Fenster und stellte fest, dass alles noch heil war.

»Nur eine Traum. Ein böser, echtwirkender Alptraum. Alles ist gut alter Junge.«

Dieser Traum hatte es in sich. Noch immer verstört und verängstigt, schlich er sich zum Fenster und sah hinaus. Kein Regen mehr, kein Gewitter und vor allem, keine gelben Augen.

Er war erleichtert, aber nun auch hell wach, also entschloss er und seine Blase, die Toilette auf zu suchen.

Dort kam er aber nie an. Als er sein Zimmer verließ und mit dem Ziel der Toilette vor Augen, den Flur entlang lief, hörte er zwei Stimmern, die energisch diskutierten und es schien ganz so, als würde es aus der Lobby kommen. Joe konnte leider nicht genau verstehen, was sie sprachen und entschloss sich näher heran zu gehen. Sehr nahe, zu nahe, wie er feststellen musste.

Er stand am Ende des Flurs und schaute übers Geländer, gerade so, dass er die zwei Personen sehen konnte.

Es waren Manuel und Basti.

»Du hast es selber gesehen, er hat Hunger. Wir können nicht noch länger warten.«, flüsterte Manuel.

»Ich weiß und wir werden etwas dagegen unternehmen. Wir werden …«

Sie wurden unterbrochen und sahen hoch zum dritten Stock. Joes Magen fing auf mal an zu knurren, natürlich zu laut und im aller besten Augenblick.

Als er sah, wie die beiden sich zu ihm hochdrehten, schnellte er ein paar Schritte zurück und presste sich an die Wand.

*Worüber reden die da, über das heutige Ereignis oder gar über das Wesen mit den gelben Augen.*

Joe rannte los auf sein Zimmer, schloss die Tür und sprang ins Bett.

»Was ist hier los?«, flüsterte er sich zu. »Ich hoffe sie haben mich nicht entdeckt.«

Nach einer guten Stunde des Grübelns, gab Joe auf. Er hatte einfach keine klärende Antwort darauf, schloss seine Augen und es gelang ihm wieder einzuschlafen.

Am nächsten morgen, Joe war früh wach und konnte sich ausnahmsweise mal gemütlich zum Frühstücken begeben, ging er hinunter zum Speisesaal. Als seine Hand gerade zum Türknopf glitt, rief ihn jemand.

»Joe, warte mal einen Augenblick!«

Es war Basti. Er wurde also doch gesehen, schoss es ihm durch den Kopf.

»Sag mal, ich habe dich heute Nacht gesehen. Konntest du nicht schlafen?«

»Doch … schon, musste eigentlich nur auf Toilette und hatte dann Stimmen gehört. Ich sah nach und bin kurz darauf wieder zurück gegangen, weil ich euch nicht belauschen wollte.«

»Hättest ruhig machen können. Wäre nichts dabei gewesen, im Gegenteil, du hättest helfen können. Ich konnte nämlich auch nicht schlafen und war ein wenig im Hotel unterwegs, dabei traf ich Manuel und er bat mich um Hilfe. Er hatte nämlich das Problem, dass er jede Nacht seine kleine Raubkatze füttern muss. Natürlich ist das nicht gut, wenn Gäste im Hotel sind. Es ist zu gefährlich. Er zeigte sie mir und schilderte mir sein Problem. Er hatte völlig die Übersicht über das Futter verloren und stellte gestern Abend fest, dass er nicht genügend mehr hatte und bat mich daher, mit ihm auf die Jagd zu gehen.«

»Achso, ich verstehe. Tut mir leid, hätte ich das gewusst, wäre ich sofort dabei gewesen.«

»Schade eigentlich, aber wir haben dennoch ein paar Wildschweine gefangen. Ist jetzt auch egal, lass uns Frühstücken.«

Joe nickte und gemeinsam betraten sie den Saal und setzten sich.

*Da ist doch was faul. Ich werde dich im Auge behalten Basti.*

Alles war fast wie immer. Ein weiteres Mal, wurde der Tisch mit allerlei Leckereien gedeckt und auch Silvia war wieder da. Es ging ihr bereits wieder besser, als sei nichts geschehen.

Doch eine Person fehlte, stellte Joe fest.

»Wo ist Manuel?«

»Den treffen wir später, er hat uns eine Nachricht hinterlassen. Chris, ließ vor.«, sagte Marie

»Liebe Freunde, es tut mir leid, dass ich nicht beim Frühstück dabei sein kann. Ich werde euch nun in Form dieses Briefes, den heutigen Tagesablauf erläutern. Wir werden uns gegen elf Uhr in der Lobby treffen. Bis dahin habt ihr ausreichend Zeit, euch auf unsere Reise vorzubereiten. Zieht euch bitte lange Sachen an und geschlossenes Schuhwerk. Außerdem packt alles ein, was ihr für eine Übernachtung außerhalb des Hotels benötigt. Wir werden einen kleinen Trip zum nächstgelegenen Dorf machen, damit ihr die Einheimischen kennenlernt. Wir werden gut einen halben Tag unterwegs sein, aber es wird sich lohnen. Also dann, guten Hunger und bis nachher.«

»Ah ja, da bin ich mal gespannt.«, sagte Joe.

*Das wird ja immer besser, erst die geheimnisvolle Unterhaltung zwischen Basti und Manuel und jetzt gehen wir hier weg. Mal sehen was noch so kommt.*

Sie aßen soviel sie nur konnten und einer nach dem anderen beendete sein Frühstück, stand auf und verließ den Saal, bis nur noch Joe am Tisch saß. Er war fleißig am Essen, als wäre es seine Henkersmalzeit.

Auch er machte sich nun aus dem Staub und begab sich auf sein Zimmer, was ihm ziemlich schwer fiel mit solch einem vollen Magen.

Er packte alles Nötige ein, gönnte sich noch eine Dusche und eine Rasur vor dem großen Trip. Schließlich konnte er ja nicht wissen, auf was für Zustände sie treffen würden.

Als er seine Pflege hinter sich gebracht hatte, begab er sich wieder aufs Zimmer und nahm sich seinen Rucksack, der ihn bereits als Handgepäck im Flieger gedient hatte. Er prüfte ein weiteres Mal, ob er an alles gedacht hatte und machte sich kurz vor elf auf den Weg zur Lobby. Auf dem Flur traf er Marie und strahlte. Er könnte noch so einen schlechten Tag haben, aber ein Blick in ihr Gesicht und es ging ihm sofort wieder gut.

»Na Joe, bereit fürs Abenteuer?«

»Aber Hallo!«

Gemeinsam gingen sie die Wendeltreppe hinab und stießen auf die Truppe, die bereits auf sie wartete. Manuel zählte noch mal durch und setzte zu einer kleinen Rede an.

»Ich möchte mich nochmals bei euch für meine Abwesenheit entschuldigen, aber ich musste noch einiges vor der Reise erledigen.«

*Ja, wie zum Beispiel deine angebliche Raubkatze füttern.*

»Wir sind jetzt vollständig und ich gebe euch vorab noch ein paar kurze Instruktionen. Wir werden einem schmalen Pfad folgen, ich bitte euch diesen nicht zu verlassen, egal was passiert. Ich gehe voraus und als Nachhut laufen Bob und Jules. Keiner überholt mich oder lässt sich fallen. Wie ich euch mehrmals schon sagte und ihr auch schon selber festgestellt habt, ist es hier sehr gefährlich. Ich kann es gar nicht oft genug sagen. Ansonsten wünsche ich euch jetzt schon viel Spaß. Wenn ihr unterwegs fragen habt, scheut euch nicht diese zu stellen. Auf gehts!«

In Zweierreihen machten sie sich auf, gingen hinter das Hotel Richtung Dschungel. Sie kamen am Pool vorbei und überquerten die wahnsinnige Wiesenlandschaft des Hotelgrundstückes. Unterwegs trafen sie auf ein paar Kröten, die so groß wie Handbälle waren. Diese hielten sich nur in der Nähe des kleinen Wassergrabens auf, der kurz vor dem Dschungel verlief.

Wie nicht anders zu erwarten, lief Joe genau neben Marie. Es war für die anderen nicht zu übersehen, dass er sich zu ihr hingezogen fühlte, sprachen es aber nicht an. Hinter ihnen liefen Basti und Chris und dahinter Silvia und Natascha.

Kurz vor dem Erreichen des Dschungels, Joe und Marie unterhielten sich angeregt und waren voll auf sich konzentriert, ertönte plötzlich ein lautes Rülpsen, welches aber unmöglich von einem Menschen gewesen sein konnte. Die Gruppe erschrak und Marie schrie.

»Ohh nein, dass tut mir so leid!«

»Was ist denn Marie?« fragte Joe.

»Sie doch mal, sie ist tot.«

Alle sahen nach unten auf Maries Schuhe.

Was ihnen so vorkam wie ein Rülpser, war in Wirklichkeit der Todesschrei einer Handballkröte.

Nun schrie auch Silvia auf.

»Wie ekelhaft!«

»Die können ja sogar noch breiter werden.« grölte Chris.

»Das ist nicht lustig, Chris.« schimpfte Joe.

Er bückte sich, hob Maries Bein an und machte sich an die Arbeit, die Kröte mit Hilfe eines Stocks von der Schuhsohle zu kratzen. Es war nicht sehr leicht, da der Schleim, der aus der Kröte quirlte, ziemlich zäh war und alles gut zusammen hielt. Stück für Stück konnte Joe sie lösen.

Wie ein Pfannkuchen viel sie herab und zog Schleimfäden hinter sich her. Die Augen waren aufgeplatzt und die Därme quollen ein wenig aus dem Anus.

»So geschafft.« schnaufte Joe und stand wieder auf.
»Ich danke dir. Bei Gelegenheit werde ich mich erkenntlich zeigen.«

Joe sah sie verschämt an.

»…Ok.«

Nach diesem kleinen schrecken ging es weiter und sie erreichten den Rand des Dschungels. Der Weg, der sie bis zum Dorf führen sollte, war wie bereits erwähnt, sehr eng und sandig. Man konnte gerade so nebeneinander herlaufen, was Joe natürlich gefiel, da er so die Möglichkeit hatte ganz dicht neben Marie herzulaufen, ohne das es aufdringlich oder beabsichtigt wirkte.

»Liebe Freunde, wir betreten nun das Reich der Tiere und der Gefahren. Wie gesagt, haltet euch an die Anweisungen und euch wird nichts geschehen.«

Manuel ging los und die Gruppe folgte ihm im Entenmarsch, ab ins Abenteuer Dschungel.

# 14.

Eine beträchtliche Zeit verging. Joe und seine Freunde, waren bereits im tiefsten Dschungel angelangt und noch bei bester Laune. Sie unterhielten sich ausgiebig und Joe war erfreut darüber, dass er sich so gut mit Marie verstand. Sie lachten gemeinsam und man konnte erkennen, dass auch Marie sich sehr zu Joe hingezogen fühlte, was er aber noch nicht bemerkte. Es fehlten ihm einfach die

Erfahrungen mit Frauen, geschweige denn, mit anderen Menschen.

Der Pfad veränderte sich und wurde immer breiter, was den Marsch um einiges angenehmer machte.

»Wie weit ist es denn noch. Ich hoffe es gibt dort eine Wanne und einen Spiegel, ich muss mich unbedingt frisch machen.« meckerte Silvia.

»Wir haben gerade mal ein Drittel hinter uns gebracht Silvia, aber in einer guten Stunden könnt ihr euch ein wenig ausruhen und erfrischen.« entgegnete ihr Manuel.

»Das möchte ich genauer wissen. Wie können wir uns denn hier bitte erfrischen?« fragte Basti.

»Wir kommen auf eine kleine Ebene, mit einem großen See und einem Wasserfall. Es ist ein fantastischer Anblick, glaubt mir.«

»Und da soll ich mich frisch machen? Wer weiß was da herumschwimmt. Bestimmt ist dort noch solch ein Ding drinnen, das mich fressen will. Und der See, ist bestimmt auch nur ein Tümpel.« moserte Silvia.

»Ich kann dir versichern, dass dort nichts drinnen schwimmt, noch nicht einmal Fische. Schau es dir erstmal genauer an, du wirst es toll finden.«

»Pfff … .«

Nach weiteren zwanzig Minuten flüstere Manuel.

»Stop … stehen bleiben und ruhe.«

Bob, der lange Einheimische schlich sich nach vorne zu Manuel.

Sie tuschelten und Joe ärgerte sich, dass er nichts mitbekam. Er musste plötzlich an die gelben Augen im Busch und in der Nacht denken, die ihn so hungrig ansahen und an die Gestalt dahinter.

Manuel und Bob unterbrachen ihr Gespräch, als sie aus einiger Entfernung ein rascheln hörten. Es kam irgendwo von vorne her.

Nun stieß auch Jules vor und gemeinsam betrachteten sie die Umgebung vor sich, aus der das Rascheln kam.

Es ertönte erneut und ein großer Busch begann zu wackeln.

»Schnell, geht ein paar Schritte zurück!« brüllte Manuel.

Die Reisenden gehorchten, gingen rasch ein paar Schritte zurück und sahen sich das folgende Geschehen aus sicherer Entfernung mit an.

Manuel und die zwei Einheimischen zogen großen Messer. Die Klingen hatten gigantische Ausmaße und sahen aus wie Macheten, waren aber keine. Manuel, Bob und Jules standen nun da, aufgereiht und gespannt darauf, was sich vor ihnen befindet.

Plötzlich stürmte eine Gestalt aus dem Busch, sah die drei mit ihren Messern, die nur darauf warteten etwas damit aufzuschlitzen und blieb stehen.

Unsere drei Helden entspannten sich und Manuel drehte sich rum.

»Falscher Alarm Freunde, es ist nur um kleine Echse.«
»Achtung!« schrie Bob.

Es raschelt erneut und heftiger. Der Busch schien zu leben. Es stürmte erneut eine Gestalt heraus und lief direkt auf Manuel zu. Dieses allerdings war um einiges gewaltiger und sah sehr böse aus.

Manuel stand erstarrt da und kurz bevor es ihn erwischte, sprangen Bob und Jules auf die Gestalt und bearbeiteten es mit ihren Messern. Es hatte nicht den Hauch einer

Chance, viel unmittelbar zu Boden und starb einige Sekunden später.

»Die Männer sind echt der Hammer.« gab Chris von sich.

»Da hast du Recht, wie es aussieht beherrschen die ihr Handwerk perfekt.«, sagte Basti.

Als die Gefahr vorüber war und Manuel sich wieder gefangen hatte, rief er die Gruppe zu sich.

»Seht es euch an, damit wäre unser heutiges Abendbrot gesichert.«

»Was ist das den für ein hässliches Ding?« fragte Silvia.

»Es ist ein ausgewachsenes Wildschwein. Es fühlte sich durch uns wohl bedroht und hat daher angegriffen. Sie kommen hier recht häufig vor.«, antwortete Manuel.

Bob ergriff gemeinsam mit Jules das Wildschwein und hoben es auf ihre Schultern.

»Dann wollen wir mal weiter, es ist nicht mehr weit bis zum Zwischenstopp.

Ohne weitere Zeit zu vergeuden, marschierten sie gemeinsam mit dem Schwein auf den Schultern weiter. Wie versprochen erreichten sie nach kurzer Zeit den Rastplatz. Es war wirklich ein Traumhafter Anblick. Sie alle dachten schon, dass nichts auf der Welt die Bucht hätte toppen können, aber der See haute sie alle um. Eine Kulisse, die man noch nicht einmal im Fernsehen zu sehen bekam.

Das Wasser war lupenrein. Rechts vom See war ein große Felswand, aus dem der versprochene Wasserfall entsprang und man hatte die Möglichkeit, sich direkt auf einen kleinen Vorsprung darunter zu stellen und eine kühlende Dusche zu nehmen.

Drum herum erstrahlte eine farbenfrohe Blütenpracht, die einen sehr angenehmen und sommerlichen Duft von sich gab.

»Na, hat sich die Anstrengung nicht gelohnt?«, fragte Manuel.

Natascha himmelte die Gegend an und sagte leise und fast sprachlos:

»Es ist wunderschön.«

Ohne jegliche Vorwarnung, rannte Chris los und sprang in einem Satz mit seinen Klamotten ins Wasser.

Es dauerte einen kurzen Moment, bis er wieder auftauchte. Als jedoch sein Kopf die Wasseroberfläche erreichte, schrie er vor Freude.

»Kommt rein, es ist herrlich.«

»Komm Joe, lass uns hinterher.« sagte Marie und rannte mit einem strahlenden Lächeln aufs Wasser zu. Joe folgte ihr und sprang ebenfalls ins kühle Nass. Der Rest folgte ihnen, bis auf Manuel, die zwei Einheimischen und Silvia.

Silvia zog sich gemütlich aus. Sie hatte vorgesorgt und trug einen Bikini unter ihrer Kleidung. Ihre schlanken Beine, trugen sie zu den Felsen und dann weiter auf den Vorsprung. Der Wasserfall ergoss sich über ihren ganzen Körper und brachte ihn zum glänzen. Sie genoss es sichtlich. Doch nicht nur sie war begeistert davon, auch die Männer konnten ihre Blicke nicht verstecken und sahen zu Silvia und wie das klare Wasser ihr vom Kopf über den gesamten Körper herunter lief.

Nur Joe machte sich nichts daraus. Er war voll auf Marie fixiert.

Joe und Marie alberten herum, tauchten um die Wette und bespritzten sich gegenseitig. Es machte ihnen einen riesen Spaß und sie genossen die Zeit miteinander. Aber der letzte Tauchgang, sollte die Stimmung von Marie trüben. Joe tauchte ab und blieb eine Zeitlang unter Wasser.

»Joe wo bist du? Komm wieder hoch!«, rief Marie, aber nichts geschah. Die anderen hatten ihre rufe mitbekommen und schauten sofort ins Wasser. Man konnte ihnen die Angst und ihre Gedanken ansehen.

*Es wird doch wohl nicht schon wieder solch ein Vieh Joe geschnappt haben, wie gestern bei Silva?*, dachte sich Marie.

Fast eine Minute war vergangen und Joe tauchte noch immer nicht auf. Marie rief um Hilfe.

Sofort begann Chris mit den Tauchgängen. Er tauchte ab und wieder auf. Immer und Immer wieder.

»Ich kann ihn nicht finden. Es ist ganz so, als wäre er spurlos verschwunden.«

Chris machte weiter und tauchte nach ihm, auch Bob und Jules kamen herbei, sprangen ins Wasser und halfen bei der Suche. Die einzige, die es nicht interessierte und gar keine Anstalten machte mit zu helfen, obwohl auch Joe daran beteiligt war ihr Leben zu retten, war Silvia. Sie genoss weiterhin den Wasserfall.

Nach weiteren drei Minuten, bekam Marie Panik. Sie hatte Angst um Joe. So lange kann er doch nicht die Luft anhalten.

Als die Hoffnung sank und sie davon ausgehen mussten, Joe nicht mehr lebendig zu bergen, ergriff Marie plötzlich etwas am Fuß und zog sie kurz unter Wasser. Glücklicherweise hatte sie gerade noch Luft holen können. Der Griff löste sich und sie paddelte an die Oberfläche, mit dem Gedanken, dass hier doch etwas drinnen sei und nachdem es sich Joe geholt hatte, nun sie an der Reihe sei.

Nach einigen hektischen blicken, erschrak Marie, als auf einmal ein Kopf genau vor ihr auftauchte.

Es war Joe, er lebte und nichts ist ihm geschehen.

*Aber wie ist das Möglich, dass er solange unter Wasser bleiben konnte*, fragten sich Marie und die anderen.

Doch es war ihr im ersten Augenblick egal und umarmte ihn. Dabei tauchten sie beide ungewollt unter, da keiner von ihnen die Hände frei hatte, um sich über Wasser zu halten. Als sie wieder auftauchten, schwammen Joe und Marie zum Ufer. Die anderen folgten Ihnen.

»Was ist passiert, wo warst du?«, fragte Marie.

»Ich habe einen Unterwasser einen Tunnel gefunden und schwamm hindurch. Er führt drei Meter in die Felsen hinein, dort stieß ich auf eine kleine Höhle. Es war echt schön dort.«

»Du Idiot! Und dafür erschreckst du uns so. Hättest du nicht sofort wieder kommen können, um uns Bescheid zu geben. Wir haben uns Sorgen gemacht und dachten es sei dir was passiert.«

Sie war ziemlich böse, was die anderen nur zu gut verstehen konnten.

»Das stimmt Joe. Du hättest sofort wieder kommen müssen.«, brachte Manuel mit ein.

»Ihr habt Recht, es tut mir echt leid. Ich habe darüber nicht nachgedacht, es war ein Fehler. Entschuldigt bitte.«

»Ist schon gut, vergessen wir es. Das wichtigste ist, dir und niemand anderen ist was passiert. Lasst uns noch ein wenig ausruhen, wir haben noch einen langen Weg vor uns. Ich würde sagen eine Stunde Pause sollte reichen,

dann können wir die zweite Hälfte unseres Trips bezwingen.«, sagte Manuel.

»Marie, sei bitte nicht mehr sauer auf mich. Ich wollte
dich nicht erschrecken oder verängstigen. Es tut mir
wirklich leid.«
Er sah ihr mit einem Dackelblick tief in die Augen und
es wirkte.

»Ist schon gut Joe. Lass uns ein wenig hinlegen.«
Beruhigt legten sich alle nieder und genossen zusammen
die Sonne Pantoks und die Klänge der Natur.

## 15.

Die Wanderer waren Umgezogen und wieder auf dem
Weg zum Dorf. Es war bereits später Nachmittag und
laut Planung, sollten sie am frühen Abend am Ziel angekommen sein.
Die Zeit verging und es wurde immer später.
Langsam trat die Dämmerung ein und leichter Nebel
stieg auf. Manuel bat die Gruppe etwas zügiger zu
gehen, da es nicht mehr lange dauern würde, bis die Ge-
fährlicheren Geschöpfe des Dschungels aus ihren
Löchern kriechen.
Es wurde später Abend, fast acht Uhr und noch immer
waren sie nicht am Ziel.
Langsam aber sicher kam Unruhe auf und Joe fragte
sich, ob die Messer auch gegen die Gestalten der Nacht
ausreichen würden.

Gerade als er Fragen wollte, wann sie denn endlich da seien, sah er in der Ferne ein helles goldenes Licht.

»Wir haben es geschafft. Vor uns liegt das Dorf.«, rief Manuel ihnen zu.

Sie verließen den Dschungel und betraten das sichere Dorf, in dem sie bereits erwartete wurden. Ein großes Lagerfeuer erhellte das Dorf, dass durch Bambushütten, die in einer U-Form und aus insgesamt vier Reihen bestand, eingekesselt.

Das Gesamtbild erinnerte an ein Ferienlager.

Joe fiel aber noch etwas auf. Er sah weit hinten links einen Pfad, der mit Kerzen bestück war und von einem Dorfbewohner bewacht wurde.

»Sag mal Manuel. Wo führt der Pfad dort hinten hin?«

»Dieser führt zu einem Ort, den nur die Dorfbewohner betreten dürfen. Er ist ihnen Heilig und jeder der nicht befugt ist, diesen aufzusuchen, wird umgehend gefangen genommen und hingerichtet. Daher empfehle ich euch, von dort fern zu bleiben.

Eine Gruppe von Dorfbewohnern kam auf sie zu und blieb vor ihnen stehen. Sie sprachen mit Manuel, allerdings auf einer fremden Sprache, die keiner von ihnen verstehen, geschweige denn Sprechen konnte.

Kurz darauf teilten sich die Bewohner auf und schufen eine Gasse.

Manuel lief voraus, verfolgt von Joe und den anderen. Während sie die Gasse durchliefen, wurde jeder einzelne genau inspiziert. Es war für die Reisenden ein unangenehmes Gefühl, dass sich aber legte, als sie sich von den Dorfbewohnern entfernten.

Manuel ging auf das Luxusmodel der Bambushütten zu und als sie dieses erreichten, drehte er sich um und sprach zu seiner Gruppe.

»Ihr werdet alle hier warten. Es dauert nicht lange. Sobald ich mit dem Häuptling gesprochen habe, bin ich wieder bei euch. Es gibt wohl ein paar Unstimmigkeiten. Fast nichts an, sie sind sehr eigen wenn es um ihr Hab und Gut geht.«

Manuel wandte sich der Hütte zu und verschwand.

»Was das bloß für Unstimmigkeiten sind?«, fragte Natascha.

Stille Ratlosigkeit.

Marie ergriff Joes Arm und sah ihn an.

»Irgendwie beängstigend oder?«

»Du brauchst dir keine Gedanken machen. Es wird schon nichts schlimmes sein.«

Sie nickte vertrauensvoll.

Nach ein paar Minuten kam Manuel wieder heraus.

»Was war denn los?« fragte Basti.

»Es war nicht der Rede wert, nur ein kleines Missverständnis. Ihr könnt euch entspannen. Ich werde euch nun eure Behausungen zeigen.«

Sie gingen gemeinsam in die letzte Reihe auf die rechte Seite der Hütten. Jeder einzelne bekam eine eigene. Manuel, Bob und Jules waren sehr oft hier und besaßen daher eine eigene Hütte in der zweiten Reihe.

»Ihr könnt euch nun drum streiten, wer welche Hütte bekommt. Seht euch kurz darin um und freundet euch damit an. Wir treffen uns dann am Feuer, essen und trinken gemütlich was und schauen uns die Tänze der Einheimischen an.«

»Eine Fete. Super, ganz nach meinem Geschmack.«
äußerte sich Silvia.

»Nicht ganz so wie du es dir vorstellst, aber irgendwie
schon eine Fete.«, entgegnete ihr Manuel.

Glücklicherweise kam es zu keinen Streit, als es darum
ging, wer welche Hütte bekam. Jeder nahm die, die
gerade am nächsten lag. Außerdem waren die ja eh alle
gleich. Bis auf die vom Häuptling, die war um einiges
größer, hatte einen gemütlicheren Flair und stand in der
ersten Reihe, direkt vor dem Lagerfeuer.

Die Schlafplätze sahen sehr bequem aus. Das Bett war
groß, aus Blättern und Stroh und es gab sogar eine Art
Nachttisch.

Es dauerte nicht lange, bis die Gruppe sich am Lagerfeuer zusammen fand. Spätestens nach den ersten
Trommel tönen, war auch der letzte Reisende eingetroffen.

Der Häuptling saß vor seinem Palast und die Hälfte der
Einwohner reihten sich daneben.

Er war stämmig gebaut und Joe musste schmunzeln als
er ihn da sitzen sah. Er dachte gerade an die großen
Kröten, verwarf aber den Gedanke wieder.

»Ich finde der Häuptling hat Ähnlichkeit mit Nass, der
Anführer der Gungangs aus Star Wars.«

Joe und Basti lachten herzlich.

*Irgendwie hatte er recht, mal sehen ob er auch so*
*spricht.*

»Habe den Film leider nie gesehen.«, bedauerte Marie.

»Wenn wir wieder zuhause sind, treffen wir uns mal
wenn du möchtest und schauen uns den Film an. Ist echt
super.«, schlug Joe vor.

»Macht euch nicht über den Häuptling lustig! Wenn er das mitbekommt, seid ihr einen Kopf kürzer, mit ihm ist nicht zu spaßen. Folgt mir.«, schimpfte Manuel.

Verlegen gingen sie direkt zum Anführer und setzten sich zu seiner linken. Sie waren Gäste und wurden wie Könige behandelt, sofern sie sich anständig benahmen. Sie hatten sich gerade erst auf einen Baumstamm gesetzt, der als Sitzbank diente, da kamen schon die ersten, reizenden Einheimischen Frauen mit Schalen voller Essen, darunter auch das erlegte Wildschwein, dass sehr appetitlich zubereitet wurde und brachten Trinkgefäße mit irgendeinem selbst hergestellten Schnaps.

Um das Lagerfeuer herum bildete, sich eine Gruppe von Einheimischen. Sie alle waren nur leicht bekleidet. Die Männer, sowie die Frauen trugen nur Baströcke, was die Augen von Chris zum Leuchten brachte. Schließlich sieht man nicht alle Tage halb nackte Frauen tanzen.

Einige Einheimische hielten verschiede Gegenstände aus Holz in den Händen, sowie Trommel.

Musik erklang ganz im Afrikanischen stiel. Die Atmosphäre war sensationell, genau wie in den Dschungelfilmen im Fernsehen.

Die Gäste des Dorfes aßen und tranken soviel es nur ging. Die Nacht war klar und man konnte das schöne Panorama der Sterne und des Mondes betrachten. Die Männer und Frauen tanzten und der Alkohol schlug deftig an. Es war bereits spät, so gegen Mitternacht und auch Silvia, sowie die sonst so ruhige Natascha, schlossen sich den Tänzen an. Später sollten auch noch Joes Traumprinzessin und der Junge Chris dazu stoßen.

Joe war bereits Sternhagel voll und sah alles nur noch wie in Trance. Leicht verschwommen und bruchstückhaft, nahm er alles war. Die laute exotische Musik, das helle Feuer erregten ihn. Noch nie hatte er eine so intensive Lust verspürt, wie an diesen Abend. Er fühlte sich irgendwie befreit, als würde ihn nichts plagen. *Was für ein wahnsinniges Zeug das doch ist,* dachte er sich, mit dem Gefühl der inneren Ruhe.

Kurze Zeit später, hielt auch ihn nichts mehr und er verspürte den Drang sich zu bewegen, einfach los zu tanzen und herumzuspringen. Es sah ihm gar nicht üblich, sich so locker und voller Elan zu geben. Auch die anderen Gruppenmitglieder der Reise, waren nicht mehr sie selbst. Eine gute Stunde später, es ging auf halb zwei zu, endete das Vergnügen und so gut wie jeder, eingeschlossen den Einheimischen, versuchte sein Quartier aufzusuchen. Manuel, Basti, ein paar Einheimische, sowie der Häuptling hatten bereits vor einigen Stunden die Party verlassen.

Das Feuer erlosch und es wurde Totenstill im Dorf von Pantok.

Es gab nur noch Marie und Joe. Sie tanzten noch weiter, auch wenn keine Musik mehr spielte. Es war aber kein tanz der Einheimischen, sie lagen sie in den Armen, betrunken und dermaßen heiß auf einander, schwankten nach links und dann wieder nach rechts, drehten sich und umarmten sich immer fester. Wie romantisch es doch war.

Doch dann verfielen auch sie der Müdigkeit und torkelten Arm in Arm zu den Bambushütten.

Da standen sie nun, genau vor Chris seiner Hütte. Links daneben, war die Hütte von Marie und rechts die von Joe.

Joe zog Marie an sich und sie sahen sich tief in die Augen. Sie spürten ihre heftig schlagenden Herzen ihres Gegenübers. Die Köpfe kamen sich immer näher, bis sie sich schlussendlich zärtlich Küssten. Joes erster wahrer Kuss, seine ersten wahren Gefühle und die ersten Körperkontakte mit einer Frau. Vielleicht auch sein erstes mal Sex?

Als ihre Lippen sich nach Minuten trennten und sie bereit waren sich schlafen zu legen, sahen sie sich nochmals in die Augen. Niemand sagte was, aber beide verspürten die Lust des anderen.

Joe drehte seinen Kopf zu den Hütten, sah sie kurz an und wandte sich dann wieder Marie zu. Seine Mund-wickel wanderten zu einem leichten grinsen nach oben.

 »Zu dir oder zu mir?«

Er wusste nicht, wie sie reagieren würde und ob es ihr nicht vielleicht zu schnell ging.

Doch dann überfiel Marie ihn, womit er überhaupt nicht gerechnet hatte. Sie sprang auf seinen Arm und sie be-gannen wild zu knutschten. Joe schleppte Marie in ihre Hütte und legte sie behutsam auf ihr Bett. Vor ihr kniend, riss er sich sein Hemd vom Oberkörper und knöpfte seine Hose auf. Danach beugte er sich zu Marie hinunter und küsste sie zart an den Ohrläppchen. Dabei knöpfte er auch ihr die Hose auf und wurde plötzlich zurückgestoßen.

Im ersten Augenblick dachte er, sie hätte es sich anders überlegt, doch es kam anders. Es ging ihr wohl nicht schnell genug. Sie zog wie wild Joes restlichen

Klamotten aus und dann ihre. Sie packte ihn am Nacken, riss Joe auf sich und das Vergnügen begann.

Er spürte ihren warmen Körper unter seinem und begann vor Aufregung zu zittern.

Joe wurde in dieser Nacht zum Mann und stellte am eigenen Leib fest, wie viel Wahres in dem Spruch "Ruhige Wasser sind tief" lag.

Nie hätte er damit gerechnet, wie wild und fantasievoll Marie beim Sex sein konnte.

# 16.

Grelles Licht schlich sich durch die Bambuswand der Hütte und blendete Joe so sehr, dass er aufwachte.

Mit geschlossenen Augen setzte er sich und öffnete seine Augenlieder Stück für Stück. Die ersten Millimeter taten ihm ziemlich weh. Bislang wusste er auch noch gar nicht, wie sehr Licht schmerzen kann und dann noch dieser Kater. Noch nie zuvor hatte er soviel Alkohol zu sich genommen. Sein Schädel dröhnte, sein ganzer Köper schmerzte, als hätte er die Nacht mit einem Bären gekämpft und dann noch dieser trockene Mund. Als er es endlich schaffte, seine Augen vollständig zu öffnen, sah er sich um und suchte nach etwas trinkbaren. Nichts war in Sicht, was er allerdings fand, erschrak ihm im ersten Augenblick und machte ihm im Anschluss überglücklich. Eine hübsche junge Frau in Engelsgestalt lag neben ihm im Bett.

»Oh meine Güte!«, sagte Joe laut.

*Wie peinlich, ich habe überhaupt keine Ahnung was gestern Nacht alles passiert ist.*

Der so genannte Blackout.

*Was ist, wenn sie sauer auf mich ist, dass ich ihren Alkoholrausch nutzte um meine Lust zu stillen. Ob sie sich überhaupt daran erinnern kann? Ich muss hier sofort raus.*

Joe stand vorsichtig auf, zog sich an und schlich sich aus der Hütte. Draußen atmete er tief durch und verspürte ein kräftiges Schwindelgefühl.

»Ich brauche was zu trinken, sofort.«

Auf der Suche nach Wasser oder etwas ähnlichem, stieß er auf den verbotenen Pfad.

*Ob ich da eine Art Bach finde? Oder zumindest etwas Vergleichbares.*

*Wer unbefugt diesen Weg betritt, wird getötet,* schossen die Worte von Manuel durch seinen Kopf.

Aber es war niemand da, der ihn hätte sehen könne und zudem hatte er mächtigen Brand.

So beschloss Joe sein Leben für ein paar schlucke Wasser zu riskieren und folgte dem Pfad.

Der Weg führte in einen kleinen Dschungelabschnitt. Nach ein paar hundert Metern, erreichte er eine große Ebene. In dessen Mitte war eine Steinerne Plattform in der Größe einer halben Sporthalle. Dort wiederrum war ein kleines Podest mit zwei dicken Balken und Ketten, die daran herunterhingen. Joe ging näher heran und sah sich das genauer an. Kurz bevor er die Balken erreichte, schloss er seine Augen und begann zu würgen. Doch

noch konnte er es sich zurückhalten. Als er jedoch seine
Augen wieder öffnete, überkam ihn ein erneutes
Schwindelgefühl. Er beugte sich vor und leerte seinen
Magen.

Als nichts mehr herauskam und das würgen aufhörte,
ging er noch näher zu den Balken, wandte sich sofort
von ihnen ab und übergab sich erneut.

»Um Gottes willen, woher ist das ganze Blut?«, fragte
er sich.

Es reichte ihm, dieser Anblick und das ganze kotzen war
zu viel für seine Nerven.

*Scheiß auf das Wasser.*

Er stürme so schnell er konnte zurück. Sein Gesicht
wurde Totenbleich und das Atmen fiel ihm Schwer. Er
war über das Erreichen des Dorfes heilfroh.

»Gott sei Dank. Wie es aussieht, hat mich niemand gesehen.« keuchte Joe.

Er schlenderte zur Feuerstelle zurück und setzte sich
breitbeinig auf den Baumstamm, an dem er auch gestern
Abend saß. Den Kopf ließ er zwischen seinen Knien
taumeln und spuckte noch einige male.

*Was war das bloß für ein Ort. Ist das eine Folterstelle
oder etwa sogar eine Opferstelle. Aber für wen oder
was? Kann auch sein, dass sie dort das Schwein ge-
schlachtet haben und die Reinigung noch folgte. Egal es
war verdammt viel Blut.*

Er hob seinen Kopf und stand auf. Als er sich drehte um
zur Hütte zurückzukehren schrie er auf.

»Whaaaa! … hast du mich vielleicht erschrocken.
Wieso schleichst du dich den so an mich heran?«

Es war Marie.

»Tut mir leid, dass wollte ich nicht. Wieso hast du mich nicht geweckt? Hätte mich über ein paar Kuscheleinheiten gefreut. Ich fand übrigens die Vergangene Nacht wunderschön.«

»Ja … ich auch.? Hat eine Wiederholung verdient.«
*Natürlich nüchtern. Wie Peinlich mir das ist.*

»Was ist mit dir, wieso bist du so bleich? Geht's dir nicht so gut.?« fragte Marie.

»Nee, irgendwie ist mir das essen und dieses Getränk auf den Magen geschlagen.«
Marie grinste.

»Ich verstehe. Übrigens, wenn du Wasser suchst, ich habe ein paar Kelche hinter der Hütte des Häuptlings entdeckt. Nur Falls du ihm Laufe des Tages mal Durst bekommen solltest.«
*Jetzt hat sie mich.*

»Ich könnte wohl einen Schluck vertragen, vielleicht tut es meinen Magen ja gut, wenn er einmal durchgespült wird.

Gemeinsam gingen sie zu den Krügen und Joe schnappte sich behutsam einen davon. Ohne sich was anmerken zu lassen, nahm er ein paar schluck und sah Marie an.

»Und, wie geht es dir an diesem herrlichen Morgen?«

»Ich kann mich nicht beklagen. Zumindest besser als dir.«, sagte Marie mit einem zärtlichen Lächelt.
Gerade, als Joe wieder einigermaßen Farbe im Gesicht bekam, wurde er wieder Kreidebleich. Er musste an diesen unheimlichen Ort denken.

»Was ist denn mit dir Joe?«

»Ach gar nichts. Wie gesagt mein, mein magen dreht sich ein wenig.«

Er nahm noch ein paar Schlucke des erfrischenden Wassers, was er durch seine ganze Speiseröhre spürte bis hin in den Magen und ihm ein wohliges Gefühl verschaffte.

Mittlerweile kamen auch die ersten Einheimischen aus ihren Hütten. Sie sahen allerdings, vergleichsweise zu Joe, ziemlich fit aus. Joe bekam ein unangenehmes Gefühl in der Bauchgegend.

Er entschied sich Marie noch nichts von dem Platz zu erzählen, solange er noch nicht ausreichend darüber wusste. Er wollte sie nicht beunruhigen.

»Komm, lass uns zur Feuerstelle gehen.«, sagte Joe. Dort angelangt, trafen sie Manuel.

»Guten morgen ihr zwei. Gut geschlafen?«, fragte er.

»Ja danke. Nur ein wenig zu kurz.«, antwortet Joe.

»Wo seid ihr den eben gewesen?«

»Nur kurz was trinken, hatten ein wenig Durst.

»Das glaube ich dir gerne. Es gibt bald Frühstück. Es enthält zahlreiche Vitamine, die dein Körper heute gut vertragen könnte. Von  Früchten bis hin zum selbstgemachten Brot ist alles dabei.«

»Hört sich gut an.«, antworteten sie und setzten sich wartend hin.

Als das Frühstück dann soweit war und ihr Hunger sie trieb ihre Mägen zu füllen, gingen sie zum Frühstücksbuffet, nahmen sich kleine Happen von dem Tisch und setzten sich zu Manuel. Sie aßen gemeinsam und plauderten ein wenig über den gestrigen Abend.

»Sag mal Manuel, hast du schon Basti, Chris und Silvia gesehen?«

»Nein. Bisher noch nicht … aber wenn man vom Teufel spricht. Da kommen sie.

Joe sah sich um und stellte fest, dass auch sie sehr fit aussahen.

*Bin ich der einzige, dem es hier so schlecht geht?*

Fast wie ihm Chor, wünschten sie der Gruppe einen schönen guten Morgen. Ebenso hallte es zurück. Sie sahen das Frühstücksbüfett und gingen schnurstracks darauf zu, nahmen sich ihre Schalen und füllten diese bis zum Rand. Anschließend setzten sie sich zu Joe und den anderen.

»Na dann fehlt ja nur noch Natascha.« sagte Marie.

»Ich werde mal zu ihr hingehen und sie wecken. Mal sehen wie es ihr geht.«

»Alles klar, bis gleich dann Süße.«

Er spürte wie gut es ihm tat, etwas in den Magen zu bekommen. Doch das Gefühl hielt nicht lange an. Er musste wieder an das ganze Blut denken, sprang auf und rannte soweit wie möglich Richtung Dschungel. Er schaffte es nicht weit und übergab sich noch während des Laufens.

*Na da hat sich das Frühstücken ja richtig gelohnt.*

Nach einigen Minuten beruhigte sich sein Magen und holte tief Luft.

Joe ging zurück zu den anderen und faste keine Teller mehr an.

»Alles in Ordnung mit dir?«, fragte Basti.

»Ja, war wohl ein bisschen viel gestern Abend.«

Marie kam zurück zur Feuerstelle und wirkte ein wenig Ängstlich.

»Natascha ist nicht da!«

»Wie … nicht da?«, fragte Manuel. »Vielleicht ist sie ja auch nur was trinken gegangen, wie ihr beide heute morgen oder ist im Busch pinkeln.

»Ich habe schon überall nach ihr gesucht. Ich stand dann einen Augenblick vor ihrer Hütte, weil ich genau die selbe Idee mit dem Busch hatte. Aber solange braucht kein Mensch.

»Ich werde mal eben rumfragen, ob sie irgendwer gesehen hat. Sie muss ja irgendwo sein. Eventuell hat sie sich ja auch letzte Nacht mit einem Einheimischen angefreundet, wer weiß.

*Natascha, die ruhige Maus. Wobei es war Alkohol im Spiel,* überlegte Joe

Nachdem Manuel die Dorfbewohner, die bereits aus ihren Betten gekrochen waren, ohne Erfolg befragt hatte, schnappte er sich eine Trommel und gab damit ein Rhythmisches Signal. Es musste eines für den Notfall gewesen sein, denn alle restlichen Dorfbewohner stürmten aus ihren Hütten und kamen direkt zur Feuerstelle, wo Manuel bereits auf sie wartete. Er rief etwas auf ihrer Sprache zu ihnen. Doch niemand antwortete.

»Wie es aussieht, hat sie niemand gesehen. Vielleicht ging sie ja in den Dschungel um einen Spaziergang machen und hat sich dann verlaufen?« sprach Manuel.

»Vielleicht hat sie sich auch verletzt und schwebt in Lebensgefahr.« erwiderte Marie.

»Du hast Recht. Wir werden Suchtrupps zusammenstellen und sie suchen gehen.«

Manuel ging zu den Einheimischen und redete mit Ihnen. Er bat um zwanzig freiwillige, die sich mit auf die Suche nach Natascha machten. So zuvorkommend wie die Dorfbewohner bislang waren, sollte es kein Problem sein, Freiwillige für die Suche zu finden. Sofort reihten sich vier fünfergruppen auf. Darunter waren auch Bob und Jules, die in der ersten Gruppe links außen waren.

Manuel teilte dann die Reisegäste ein. In die erste
Gruppe, bei Bob und Jules, wurden Chris und Basti ein-
geteilt. In die zweite Gruppe Joe und Marie. Manuel
ging gemeinsam mit Silvia in die dritte Gruppe.
Als er fertig war, wies er jede Gruppe einer Himmels-
richtung zu, in der sie suchen sollte. Der Rest blieb im
Dorf, ging seinen Tagesablauf nach und hielt die Augen
auf, falls Natascha auftauchen sollte.

»Seid alle vorsichtig und haltet euch soweit es geht an
die Einheimischen. Jede Gruppe hat mindestens einen,
der Bruchstückhaft Deutsch spricht. Es ist nun kurz nach
zehn. Wir treffen uns um spätestens achtzehn Uhr hier
an dieser Stelle wieder. Sollte eine Gruppe fündig
werden, trommelt diese und ihr könnt euch sofort auf
den Rückweg machen. Viel Erfolg.«
Die Gruppe von Joe ging in den Süden. Auf den Pfad der
sie zum Hotel zurück führte. Die Gruppe von Basti ging
in den Osten und suchte dort in den Tiefen des
Dschungels. Manuel und Silvia, nahmen die Suche im
Norden auf. Auch dieser führte tief in den Dschungel.
Die letzte Gruppe, die nur aus Einheimischen Bestand,
machte sich auf in den Westen. Sie betraten den verbotenen Weg und folgten diesen. Sie alle wussten, wie
schwer es werden würde Natascha in solch einem
riesigen Gebiet wieder zu finden. Dennoch gaben sie die
Hoffnung nicht auf, da die Dorfbewohner nicht nur
Gastfreundlich waren, sondern auch noch sehr gute
Fährtenleser. Es war nun einige Zeit vergangen und die
Gruppe von Joe blieb erfolglos.
Als sie vor einigen Minuten an der Stelle vorbei gingen,
an der Bob und Jules das Wildschwein erlegten und Joe

noch zahlreiche Blutsspuren sah, musste er wieder über den Verbotenen Ort nachdenken.

Er fragte sich, ob die Einheimischen seiner Gruppe, ihn vielleicht was darüber erzählen würden. Verkniff sich aber die Frage danach.

Manuel und Silvia, die im Norden mit ihrer Gruppe unterwegs waren, wurden auch nicht fündig. Nicht der geringste Anhaltspunkte.

»Ich habe keine Lust mehr hier herum zu juckeln und nach der Trantüte zu suchen. Sie ist bestimmt schon im Dorf und lacht sich über uns kaputt.«, meckerte Silvia.

»Meinst du nicht auch, dass du ein wenig zu weit gehst mit deinen Äußerungen. Stell dir mal vor, du wärst da draußen und könntest nicht wieder zurück, weil du dich verlaufen hast oder gar schlimmeres. Man würde schließlich auch nach dir suchen.«, schimpfte Manuel. Genau so patzig wie immer, gab sie Antwort.

»Das müsste man nicht! Ich bin schließlich nicht so dumm, alleine in die Wildnis zu gehen!«

Er gab die Diskussion mit ihr auf.

Was für ein Hoffnungsloser Fall von Selbstverliebtheit.

Manuel konzentrierte sich wieder auf die Suche und sie gingen noch tiefer in den Dschungel.

Auch im Westen bei der Einheimischen Gruppe gab es keine neuen Fortschritte. Nachdem sie den Schlachtplatz verließen, gingen auch sie noch tiefer in den Dschungel und hielten nach Hinweisen Ausschau.

Basti und Chris, die mit ihrer Gruppe im Osten unterwegs waren, stießen mittlerweile auf einen kleinen Felsigen Abschnitt. Es wurde schwer für sie, ohne Verletzungen voran zukommen. Bei jedem Schritt bestand die Gefahr hinzufallen und sich was zu verstauchen, gar zu brechen. Aber auch sie waren nicht erfolgreich, ließen aber keines falls von der Suche ab.

Mittlerweile war es zwei Uhr Mittags. Matung, der Einheimische Führer der Gruppe von Joe und Marie blieb stehen, drehte sich herum und sprach zu der Gruppe. Erst auf seiner Sprache und dann amüsierend auf Deutsch.

Wir mussen uns auf Rückweg macken. Langer Marsch zuruck.

»Aber was ist mit Natascha, wir haben noch keine Spur von ihr!«, heulte Marie fast los.

»Eine der anderen Gruppen wird sie schon gefunden haben. Sie werden bestimmt schon im Dorf sein und auf uns warten. Ganz sicher.«, versprach Joe.

»Und warum haben wir keine Trommeln gehört?«

»Weil wir bereits zu weit entfernt sind um sie zu hören.«

Marie sah ihm in die Augen, sah tief hinein und stimmte mit einem Nicken zu.

Sie machten sich auf den Rückweg. Doch sie kamen gerade mal einen halben Kilometer weit.

»Könnten wir mal kurz halt machen, ich müsste mal dringend in die Büsche.«, fragte Marie.

»Nein, mussen weiter. Langer weg und gefährlig in Busch.

»Ich halte es aber nicht länger aus. Habe schon mächtige Krämpfe.«, flehte sie.

»Es geht schnell. Ich werde eben mit ihr ein paar Meter zurück gehen und dort auf sie aufpassen. Geht ihr schon vor, wir holen euch dann schon ein.«, schlug Joe vor.

»Nicht gutes Idee, aber selber wissen. Achtung auf alles, ist gefährlich hier.«

»Wir passen schon auf. Sehen uns dann gleich wieder. Sollten wir euch nach fünf bis zehn Minuten nicht eingeholt haben, wartet einfach.«

Die Einheimischen gingen weiter und Marie konnte sich endlich erleichtern. Sie gingen gemeinsam ein paar Schritte zurück, wo Marie die passende Stelle fand und ging gute drei Meter in die Büsche. Joe konnte gerade noch einen kleinen Teil ihres Kopfes sehen, als sie sich hinhockte und alles raus ließ was ihre Blase hergab. Sie fühlte sich gleich drei Kilo leichter. Sie stand auf, zog ihre Hose wieder hoch und ging zurück zu Joe. Doch auf halben Weg schrie sie auf einmal auf.

»Aua ... was war den das?!«

Sie verließ so schnell es ging die Büsche und stand dann wieder auf dem Pfad neben Joe.

Besorgt sah Joe sie an und fragte sie was denn sei.

»Irgendetwas hat mich am Knöchel gezwickt. Es brennt irgendwie.«, sagte sie.

»Zeig mal her.«

Marie zog ihr linkes Hosenbein hoch. Joe nahm den Rand der Socke und zog sie bis zum Schuhansatz herunter. Er betrachtete den Knöchel genau, konnte aber nicht feststellen, was für eine Wunde es genau war. Schließlich stand er wieder auf.

»Wir müssen die Einheimischen einholen. Sie werden uns genaueres sagen können. Hast du den irgendetwas gesehen.?«

»Nein. Bei diesem Dickicht hier war das unmöglich.«

»Lass uns Gas geben, wer weiß was es war.«

Joe wusste zwar nicht was Marie zwickte, hatte aber eine schlimme Befürchtung.

Sie machten sich auf die Verfolgung und begannen zu Joggen. Joe bemerkte nicht, dass er Meter für Meter an Abstand gewann. Aber es lag nicht an ihm, sondern an Marie, die immer langsamer wurde und kaum noch Luft bekam. Ihr ganzer Köper wurde schwer und ein leichtes Schwindelgefühl überflog sie. Sie wollte Joe zu sich rufen, bekam aber kaum einen Laut heraus. Nach kurzer Zeit, fand Joe die Einheimischen.

»Hey … wartet! Wir haben eventuell ein Problem!«

»Wo ist Marie?«, rief der Matung.

»Genau hinter mir!«

Joe blieb stehen und drehte sich um.

»Marie …!?«

»Eben war sie noch da!«

Noch bevor er bis eins zählen konnte, liefen schon die Einheimischen an ihm vorbei und Joe folgte ihnen. Nach gut sechshundert Metern, nach einer kleinen kurve, fanden sie Marie, mit dem Gesicht im Sand liegend und völlig regungslos.

»Marie!!!«, schrie Joe, als er sie da liegen sah.

Die Einheimischen, die vor Joe bei ihr eintrafen drehten sie herum und prüften ihre Atmung. Sie war leicht, aber noch da.

»Was passiert?« fragte Matung Joe, als er kurz darauf ankam.

»Ich weiß nicht genau. Als sie zurück aus dem Busch kam, schrie sie kurz auf und sagte, dass sie etwas am linken Knöchel gezwickt hätte.«

Matung sah sich die Stelle an und sagte etwas zu einem seiner Freunde. Dieser lief sofort in den Busch und verschwandt. Matung selbst wandte sich wieder der Verletzung zu. Es waren zwei Punkte und die Ahnung von

Joe, wurde durch Matung bestätigt, als dieser seine
Lippen auf die Wunde presste und daran saugte. Es
handelte sich um einen Schlangenbiss.

»Hast du gesehen wie Schlange aussah?«

»Nein und Marie auch nicht.«

Nach ein paar Minuten des Saugens und Spuckens, kam
der andere Einheimische mit einer Handvoll Grünzeug
und Baumrinde wieder.

Matung nahm es entgegen, zerkleinerte die Pflanzen und
kaute diese. Als matschige Pampe, verließ diese seinen
Mund und fand auf einem großen Blatt Platz. Dieses
legte er auf ihre Wunde und wickelte aus den langen
Baumrinden zwei Schnüre. Eins band er zum befestigen
des Blattes um die Wunde und die andere um den Ober-
schenkel, damit das Gift sich nicht so schnell im Körper
verteilte.

»Wir mussen schnell in Dorf. Haben Heilmittel. Langer
Weg. Weiß nicht ob rechtzeitig ankommen.«

Joe nickte.

Ein kräftiger, großer Einheimischer schnappte sich
Marie und warf sie sich wie ein Sack Kartoffeln über die
Schulter. Gemeinsam liefen sie in einem Affenzahn los.
Unterwegs wechselte sich die Gruppe mit dem tragen ab,
da es noch ein langer Weg war und die zusätzliche Last
einen ganz schön strapazierte.

Diese kurzen Verschnaufpausen, taten Joe recht gut. Er
war nicht besonders Konditionsstark und sollte von
heute auf morgen einen Marathon laufen. Er dachte er
würde es nie schaffen dort anzukommen, aber der Gedanke an Marie gab ihm die Kraft durchzuhalten.

Nach einigen Stunden trafen sie wieder im Dorf ein. Der
Anführer der Gruppe, der gerade Marie trug, ging auf

direktem Weg zu einer Hütte, die genau links neben der vom Häuptling stand. Auf dem Weg dorthin rief er etwas, was Joe natürlich nicht verstand. Joe folgte ihm und als sie in der Hütte ankamen, begegneten sie einen alten Mann. Es hätte locker Joes Großvater sein können, wenn nicht sogar Urgroßvater. Es war der Medizinmann des Dorfes. Er hörte sich das Geschehen von Matung an und schickte Joe mit einem kurzen, doch sehr bestimmenden Handzeichen hinaus.

»Ich möchte aber bei Ihr bleiben. Bitte.«

»Gehen raus. Komm gleich zu dir und erzähle dir alles.«, sagte Matung

Mit hängendem Kopf und großer Sorge um Marie verließ er dann die Hütte. Joe ging zur Feuerstelle, setzte sich hin und stand umgehen wieder auf. Er lief ständig um die Feuerstelle herum, wie ein Tiger im Käfig.

Er bekam regelrechte Bauch- und Herzschmerzen, so große Angst hatte er um Marie.

*Was ist, wenn sie stirbt, wenn wir nicht schnell genug waren. Wir haben uns doch gerade erst kennengelernt und doch bin ich über beide Ohren in sie verschossen. Sie ist mein Deckel, den ich mein Leben lang gesucht habe.*

Als er gerade beschloss wieder in die Hütte zu gehen, da kam ihn auch schon Matung entgegen. Es waren bereits zwanzig Minuten vergangen, doch Joe kam es wie eine Ewigkeit vor.

»Sie hat großes Fieber. War sehr böse Schlange. Können nich sagen ob wird überstehen. Mussen warten heute Nacht. Sie brauch ruhe. Bekommt Heilmittel von Weisem Medizinmann. Morgen mehr wissen.«

»Kann ich zu ihr. Bitte Matung.«

»Ja. Nur kurz. Brauch ruhe bis morgen.«

»Ich danke dir.«

Wie ein geölter Blitz rannte Joe zu Marie. Er nahm ihre kalte Hand und erschrak davor. Sah sie aber Atmen.

»Du musst wieder Gesund werden … hörst du. Ich will mit dir zusammen sein, wir wollten uns doch zusammen Star Wars ansehen. Du bist die Frau, die ich mein Leben lang gesucht habe. Bitte, sei stark.«

Joe ging kurz in sich.

Nach einigen Minuten sah er zum Medizinmann und fragte ihn, ob sie wieder gesund wird. Er verstand Joe zwar nicht, konnte sich aber vorstellen, was er von ihm wollte. Da er aber noch nicht wusste, ob sie es überstehen würde, zuckte er nur mit den Schultern.

»Schlafen …«

Joe verstand. Er gab ihr einen zärtlichen Kuss auf die Stirn, drehte sich zum Ausgang, verließ Marie und ging in seine Hütte.

## 17.

Manuel trat ein und erblickte Joe, wie er nur da lag und keine Reaktionen zeigte. Er bemerkte Manuel noch nicht einmal. Es war bereits halb sieben und alle Suchttrupps waren zurückgekehrt.

»Joe! … JOE!«

Er erschrak und blickte zu Manuel.

»Ihr seid wieder da. Ist es etwa schon so spät?«

»Ja, es ist halb sieben. Ich habe von dem Unfall gehört. Es tut mir echt leid, aber ich bin zuversichtlich. Der Medizinmann hat Ahnung von seinem Fach und es wird Marie bestimmt bald besser gehen. Ihr Zustand ist allerdings im Augenblick unverändert.

»Ich habe solche Angst sie zu verlieren Manuel. Ich lag die ganze zeit hier und habe mir Gedanken gemacht, wie es weitergehen soll. Was mich ärgert ist, warum habe ich nicht auf Matung gehört. Sie musste zwar dringend, aber er warnte uns.«

»Es wäre besser gewesen, aber da kannst du nichts für. Sie hat doch schließlich darauf gedrängt und keiner konnte wissen, dass genau dort eine Schlange ist. Ich denke, es ist einfach Schicksal. Genauso wie das Schicksal dafür sorgte, dass ihr die Reise gewonnen habt und euch zusammen brachte.

»Kann sein. Ungerecht ist es dennoch. Wieso führt es uns zusammen und versucht uns dann wieder zu trennen. Ich verstehe es einfach nicht.

»Das glaube ich dir.«

»Manuel, habt ihr denn wenigstens Natascha gefunden?«

» … Nein, noch nicht mal Anhaltspunkte. Scheint so als sei sie vom Erdboden verschwunden.«

»Wir müssen doch etwas machen können, um sie zu finden. Es kann doch nicht sein, dass wir einfach herum sitzen und nichts tun.«

»Ich habe bereits drei Gruppen losgeschickt um nach Natascha zu suchen.«

»Sag mal Manuel, ich hätte da noch eine Frage. Weißt du wohin der verbotene Weg führt? Was ist dort am Ende?«

»Eigentlich darf ich das nicht verraten, aber ich mache eine Ausnahme. Du musst mir aber versprechen es niemanden weiter zu erzählen.

»Versprochen, ganz ehrlich.

»Dann hör gut zu Joe. Durch die Jahrelangen Wetterverhältnisse, hat sich dort ein Becken gebildet. Dort gingen die Dorfbewohner früher hin um sich und ihre Kleider zu waschen. Eines Tages ging der weise Medizinmann dort hin und nahm ein Bad, da er zuvor einer Dorfbewohnerin bei ihrer Geburt half und komplett mit Blut und sonstigen Substanzen eingedeckt wurde. Außerhalb des Wassers spielten ein paar Kinder.

Es begann zu Regnen und der Himmel verdunkelte sich. Donner ertönte in kurzen Abständen und Blitze erhellten die Gegend. Er sah zu den Kindern und befahl ihnen zurück ins Dorf zu gehen, da es gleich ein mächtiges Unwetter geben würde. Und dann geschah es.

Ein Blitz schlug mit einem lauten Knall ins Wasser und der Medizinmann war sofort Ohnmächtig, aber nicht Tod. Die Kinder sahen zurück und als sie ihn da liegen sahen, rannten zwei zu ihm hin, um ihn aus dem Wasser zu fischen. Zwei weitere liefen zum Dorf zurück und holten Hilfe. Sofort stürmten ein paar Dorfbewohner los, schnappten sich den Medizinmann und brachten ihn in seine Hütte.

Zwei Wochen später war dieser wieder fit wie ein Turnschuh und ging ganz normal seiner Arbeit nach, als sei nie etwas gewesen. Er überlebte den damaligen Häuptling, der in seinem Alter war.

Das alles geschah vor vierzig Jahren. Einhundert fünfzehn Jahre trägt er bereits auf dem Rücken und das Wasser wurde seit diesem Vorfall, vom heutigen Häuptling, der als Kind von Dreizehn Jahren das Geschehen mit ansah, als heiliges Wasser erklärt. Daher haben nur Gewisse Leute zutritt.«

»Und du warst schon mal dort?«

»Ja, ich wurde eingeladen einmal im Heiligen Wasser zu schwimmen. Ob es wirklich die Wirkung hat, Leben zu verlängern, ist dahin gestellt.

*Wasser ja? Also ich habe dort kein Wasser gesehen. Wieso schwindelt er mich so an. Das muss doch einen anderen Grund haben.*

»Ich danke dir für die Information Manuel. Das Geheimnis ist bei mir gut aufgehoben.«

»Das weiß ich Joe. Ich werde losgehen und dir was zu trinken holen. Es wird deine Nerven ein wenig beruhigen.«

»Ja danke.«

Manuel verließ die Hütte und Joe grübelte über die Geschichte. Er wusste, dass da etwas faul ist und er wird nicht aufgeben, bis er die Wahrheit kennt.

Nach kurzer Zeit, kam Manuel mit einem Krug zurück und gab ihn Joe.

»Das riecht aber widerlich.«, sagte Joe.

»Aber es hilft dir Joe.«

Joe trank zügig auf und gab den Krug zurück.

»Ruh dich ein wenig aus, wir sehen uns dann.«

»In Ordnung, bis denn.« sprach Joe, der immer noch den bitteren, ekligen Geschmack von diesem Gesöff im Mund hatte.

Manuel ging und Joe grübelte weiter nach. Er bemerkte allerding, dass es ihm von Minute zu Minute schwerer fiel und wurde Hundemüde.

*Was ist mit mir los?*, fragte er sich.

Seine Augen wurden immer schwere und er hatte große Mühe, sie auf zu halten.
Nach fünf Minuten verlor er den Kampf gegen den Sandmann und schlief ein.

## 18.

Lautes Gebrüll eines Tieres hallte durch die Wälder, gefolgt von einem Schrei einer Frau. Es hörte sich an, als folterte man sie oder schlimmer, sie wurde am Lebendigen Leib aufgefressen.
Joe riss seine Augen auf und sprang aus dem Bett.
Verwirrt sah er um sich und lauschte. Sein Adrenalin war gigantisch hoch, an seinem ganzen Körper kribbelte es. Sein Atem war schnell und hastig.
Es war wieder totenstille in den Wäldern von Pantok.
*Habe ich das jetzt etwa nur geträumt?*
Joe ging vorsichtig raus und sah sich um. Niemand war zu sehen. Er blickte auf seine Uhr.
»Drei Uhr.«
Das Feuer war erloschen und Joe ging behutsam zur Feuerstelle. Mann konnte dank des Mondes, der dreiviertel voll war, noch ausreichend sehen.
*Super, sie schlafen alle tief und fest.*
Er entschloss sich, trotz der Warnung, erneut den geheimen Platz aufzusuchen und ein weiteres Mal sein Leben zu riskieren und folgte den Heiligen Pfad.

Der geheime Platz wurde mit zwei Fackel bestückt, die noch Lichterloh neben dem Gerüst brannten. Es konnte nicht allzu lange her sein, dass diese angezündet wurden stellte Joe fest.

An dem vorderen Balken sah Joe etwas Merkwürdiges an der Kette hängen, allerding konnte er nichts erkennen, da die Entfernung und die Dunkelheit viel zu groß waren.

»Puh … Joe alter Junge, willst du es wirklich riskieren, dass offene Gelände zu betreten.«, sprach er zu sich selbst.

Aber er brauchte nicht lange zum überlegen. Seine Neugierde war zu groß.

Hätte er es mal lieber gelassen, dachte er sich als er näher heran ging.

Er stand drei Meter vom Balken entfernt, wandte sich ab und begann wieder zu kotzen. Der Anblick war diesmal noch schlimmer als heute morgen, als er das viele Blut sah.

Es hing dort ein zerfetzter Arm an einer Kette hinunter. Er kniff sich in die Wange. Es war alles Realität.

Der Knochen war sauber durchtrennt, als hätte man ihn mit einem Schlachterbeil bearbeitet. Nur das Fleisch hing in Fetzen von Knochen ab.

Joe erkannte, dass es ein weiblicher, hellhäutiger Arm war. Den Anblick konnte er einfach nicht ertragen.

Er rannte so schnell er konnte zurück ins Dorf.

Unterwegs nahm er an Geschwindigkeit zu, als ihm der Gedanke kam, dass es Marie ihrer gewesen sein könnte.

Joe lief und lief. Im Dorf angekommen, rannte er direkt weiter zu der Hütte des Medizinmannes. Er stürme ins

Haus und sah den alten Medizinmann schlafend auf seinen Holzstuhl sitzen.

Und auch Marie war noch wohlbehütet in ihrem Bett.

*Natascha,* fegte es wie ein Tornado durch seinen Kopf.

Es musste der von Natascha gewesen sein.

*Dann hat der Mistkerl wieder gelogen. Ich wette sie war noch nicht einmal zehn Meter vom Dorf entfernt. Sie haben sie bestimmt irgendwo festgehalten und dann heute Nacht dort angekettet. Aber ... für wen oder was? Wir müssen von hier verschwinden.*

Joe sah noch mal nach Marie. Er stieß sie an, um zu sehen ob sie wieder bei Bewusstsein war. Doch sie regte sich nicht. Schließlich blickte er noch einmal zum Medizinmann. Alles beim alten.

Joe verließ schnell die Hütte und rannte zu Chris.

Er rüttelte an ihm und sagte, dass er aufwachen solle.

»Chris … verdammt nochmal Chris, wach auf!«

Er öffnete verschlafen seine Augen, war aber noch nicht ganz bei Besinnung.

»Was ist den los? Was machst du hier Joe?«

»Komm mit, wir müssen die anderen holen und schnellstens von hier verschwinden.«

»Aber wieso denn? Es ist doch nett hier.«

»Denkst auch nur du. Ich werde es dir unterwegs erklären. Es geht um Leben und Tod.«

Chris stand auf und zog sich an.

»Ich habe so schön geträumt. Da waren drei tanzende Frauen…«

»Dafür ist jetzt keine Zeit. Mach hin, wir müssen Basti holen und dann Marie.«

Gemeinsam liefen sie zu Basti, der zwei Hütten weiter schlief. Sie hielten ihre Augen und Ohren auf, um zu vermeiden erwischt zu werden.

Joe stürmte die Hütte.

»Basti! Aufstehen! … wieso bist du denn schon wach und angezogen?

»Ähm … ich konnte nicht schlafen und wollte einen Spaziergang durch das Dorf machen und was macht ihr hier?«

»Dann hast du auch das Gebrüll und die Schreie gehört?«

»Nein, nichts dergleichen.«

»Musst du aber, es war nicht zu überhören.«

»Das musst du geträumt haben Joe.«

»Dachte ich auch. Als ich wach wurde, entschloss ich mich einen Abstecher zu diesem verbotenen Ort zu machen. Dort sah ich eine Art Opferstelle, mit Ketten und Balken. An einem hing noch ein Hellheutiger Arm einer Frau.«

»Du bist doch verrückt. Weiß du nicht, dass du dafür getötet werden kannst. Es wurde uns ausdrücklich gesagt, dass wir dort nichts verloren haben und das mit dem Arm, da hast du dich bestimmt versehen.«

»Nein ich bin mir ganz sicher. Irgendetwas ist da draußen und wartet darauf, gefüttert zu werden. Das ganze Dorf steckt dahinter, einschließlich Manuel.«

»Das ist Krass. Stimmt das wirklich?«, hinterfragte Chris.

»Nein Chris, dass kann ich mir nicht vorstellen. Manuel hat damit sicher nichts zu tun und Joe muss sich irren.«

»Ich weiß doch was ich gesehen habe, außerdem hat Manuel mir erzählt, dass dort eine Wassergrube mit

heiligem Wasser sein soll. Aber dort ist nichts dergleichen. Er selber sei wohl schon dort gewesen. Überleg
doch mal. Wieso hat keiner Anhalts Spuren von
Natascha gefunden, obwohl die Einheimischen doch
solch gute Fährtenleser sind. Sie war bestimmt hier im
Dorf und wurde gefangen genommen. Und dann die
Geschichte mit Till. Er war so begeistert und auf einmal
wollte er hier weg, dass glaube ich nicht. Heute Morgen,
als ich das erste Mal dort an der Stelle war, fand ich eine
Menge Blut. Es könnte sein, dass es das von Till war, der
auch verfüttert wurde. Wir müssen hier unbedingt verschwinden.«

»Ich glaube dir Joe.«, sagte Chris.

»Du hast recht, es passt alles zusammen. Wo ist Marie?
Wir holen sie und verschwinden. Ich kenne ein gutes
Versteck. Ich fand es, als wir auf der Suche nach
Natascha waren.«

»Wir müssen aber zum Hotel, dort übers
Sattelitentelefon um Hilfe bitten und von dort aus zum
Flugplatz.«

»Ich weiß, aber sie werden damit rechnen, dass wir den
Pfad genommen haben. Wir werden außen herum gehen.
Dauert zwar ein wenig länger, ist aber sicherer.«

»Na schön, lasst uns los.«
Sie gingen vor die Tür, sahen sich um und liefen hinüber
zu Marie. Leise betraten sie die Hütte, da Joe sie warnte,
dass der Medizinmann dort im Stuhl schlief.
Joe wurde aufmal ganz komisch in der Bauchgegend, als
ersah, dass dieser nicht mehr in seinem Stuhl saß.

»So ein Mist, wo ist er hin?, fragte er.

»Ist egal, wir schnappen und Marie und dann weg
hier.«

Joe und Basti griffen sich Marie und warfen sie über Joes Schulter.

Chris hörte ein Geräusch von draußen und stürzte sich in die rechte Ecke neben der Tür. Der Medizinmann kam herein, schimpfte erbitterte auf seiner Sprache und ging auf Joe los. Chris griff ihn von hinten, umschlang seinen Hals und würgte ihn bis zur Bewusstlosigkeit. Der Medizinmann sackte zu Boden und Chris, der gar nicht fassen konnte was er gerade getan hatte, sah zu Joe und Basti.

»Gut gemacht.«, lobte ihn Basti, was Chris sehr gerne hörte.

Sie ließen den Medizinmann liegen und flüchteten aus der Hütte, ab in den Dschungel Richtung Osten.

»Meinst ihr, dass wir so am Hotel ankommen werden, wenn wir diese Richtung einschlagen?«, fragte Chris.

»Wie gesagt, wir gehen einen Umweg. Wir verstecken uns in einer Höhle und hoffen, dass es Marie so schnell wie möglich besser geht. Wir können sie nicht die ganze Zeit tragen, so kommen wir nie voran.«

»Da ist was Wahres dran.«, sagte Chris.

Am Dschungelrand angekommen, bearbeitete Basti die Büsche. Er machte Platz, da es dort keinen Pfad gab und er die Stelle, an welcher er und seine Gruppe zuvor eingedrungen waren, nicht wiederfand.

Sie beeilten sich, schließlich hatten sie noch einen langen Weg vor sich bis zur Höhle.

Eigentlich waren es fast drei Stunden, aber mit Marie als Last würde es wohl um einiges länger dauern.

Es war Finster und sie mussten auf jeden Schritt aufpassen, da sie unbekannten Gebiet betraten. Selbst der

Mond hatte keine Chance, seine erhellenden Strahlen durch das Dickicht zu werfen.

Unterwegs wechselten sie sich untereinander mit dem Tragen ab und konnten so ein wenig Luft holen.

Während der Flucht, bohrten sich abgebrochende Äste regelrecht unter die Haut und hinterließen tiefe Kratzer. Blut lief ihnen durchs Gesicht und über die Arme.

»Lasst uns kurz rast machen und unsere Wunden versorgen.«, schlug Basti vor.

»Nichts da! Wir müssen als erstes die Höhle erreichen und dann können wir uns um alles andere kümmern.«

Sie überquerten das Felsige Gebiet, welches Basti und seine Gruppe zuvor überquerten, als sie nach Natascha suchten, was ihnen mit Marie als Last nicht leicht viel. Es bestand schon ohne sie die Gefahr sich zu verletzen.

Drei Stunden waren sie unterwegs und waren am Ende ihrer Kräfte. Dennoch konnten sie sich immer wieder gegenseitig anspornen.

Die Büsche und Bäume wurden immer lichter und gaben so den Mond die Chance, den Dschungel zu erhellen.

»Ich frage mich, ob sie bereits hinter uns her sind?«, fragte Chris.

»Darauf kannst du einen lassen.«, antwortete ihm Joe.

»Was machen wir eigentlich, wenn unser Plan schief geht und sie wissen in welche Richtung wir unterwegs sind? Schließlich sind die doch so gut im Fährtenlesen und so schwer haben wir es ihnen ja auch nicht gemacht.«

»Immer Positiv denken Junge. Wir werden es schon schaffen und ich glaube nicht, dass Manuel überhaupt daran denken würde, dass wir eine andere Richtung einschlagen würden.«, erklärte ihm Basti.

»Ja schon, aber hast du auch bedacht, dass sie als erstes am Hotel sein werden.«

» … stimmt.«, sagte Joe erschreckend.

»Daran habe ich auch schon gedacht. Der Umweg kostet uns etwas mehr als einen Tag. Zudem kommt noch hinzu, dass wir uns zuerst in der Höhle verstecken und mindestens einen Tag dort verbringen, wenn nicht noch länger. Je nachdem wann Marie wieder auf dem Damm ist. Das bedeutet, wir kommen also frühestens nach zwei Tagen dort an und solange werden sie dort nicht warten.«

»Mmh … dann will ich dir das mal so abnehmen Basti.«, sagte Chris und blickte zu Joe. Dieser nickte ihm bestätigend zu.

Nach drei Stunden gingen sie in Richtung Süden und eine Stunde später, fragte Chris total erschöpft und durstig, wann sie denn endlich da sein würden. Basti sagte ihnen, dass sie es bald geschafft haben würden, es sei nicht mehr weit. Vielleicht noch fünf Minuten.

Es verging eine weitere Viertelstunde.

»Basti? Wann sind wir denn nun endlich da? Ich kann nicht mehr.«, stöhnte Chris wie ein kleines Kind, dass mit seinen Eltern im Auto in den Urlaub fährt und vom Rücksitz aus, die Nerven der Eltern mit seinen ständigen Fragen strapaziert. Wann sind wir da? Wann sind wir da? Sind wir gleich da? Immer und immer wieder.

»Chris wir sind gleich da! Es sind nur noch wenige Minuten.«

Und weitere zehn Minuten vergingen.

»Basti …«, Joe unterbrach Chris, der wieder mit seiner Frage beginnen wollte.

»Sag mal Basti, kann es sein, dass du nicht mehr genau weißt wo die Höhle ist?«

»Doch ich weiß es, nur ich bin nicht der Beste in Zeit und Entfernungen abschätzen. Ahh … da ist sie ja, habe ich doch gesagt.«

Man sah allen an, wie erleichtert sie waren. Basti ging zu einem kleinen Hügel, der aussah wie eine vier Meter große Schildkröte aus Büschen und Gestrüpp.

»Das soll deine Höhle sein?« , fragte Chris.

Basti reagierte nicht auf seine Frage und schob die Sträucher zur Seite. Dahinter erblickten sie einen Eingang und Stufen, die unter die Erde führten und folgten diesen.

Basti blieb stehen, schloss die Tür aus Sträuchern und machte seine Taschenlampe an.

»Gut mitgedacht Basti«, lobte Joe.

»Man tut was man kann.«, dankte Basti.

Sie drangen immer tiefer ins Erdreich und nahmen immer stärker werdenden Verwesungsgeruch war, was wahrscheinlich durch Kleingetier hervorgerufen wurde. Sie waren nun fast zehn Meter unter der Erde, wo die Stufen endeten und sie die sogenannte Höhle betraten.

Es war eine Art Bunker. Er erstreckte sich über fünfzehn Meter und war gerade mal drei Meter hoch. Überall lagen Steine herum und ein alter Baumstamm direkt in der Mitte des Bunkers. Insekten krabbelten die Wände entlang, welche reichlich mit Moss bedeckt waren.

Joe legte Marie an den Stamm und setzte sich neben sie. Auch Chris und Basti setzten sich an den Stamm, schnauften und ruhten sich gemeinsam aus, in der Hoffnung Pantok lebendig zu verlassen.

# 19.

Die vier Flüchtlinge schliefen tief und fest. Stunden vergingen.

»Wo sind wir? Was machen wir hier?« fragte Marie, die aus ihrem langen Schlaf erwachte.

Joe öffnete seine Augen. Er war so benommen, dass er zuerst selbst nicht wusste wo sie waren. Er schoss zu ihr hinüber und umarmte sie. Dabei fing er an, sie von dem einen Ohr über den Mund zum anderen Ohr zu küssen.

»Es geht dir wieder besser! Ich hatte Angst du würdest es nicht schaffen. Bin ich froh, dass kannst du dir gar nicht vorstellen.«

Durch Joes lautes Jubeln wachten auch die anderen auf und waren ebenso froh wie Joe, dass Marie das Schlangengift und deren Folgen ohne Blessuren überstanden hat.

»Sagt mir bitte jemand, was hier los ist und wo wir sind?«

»Also ... wir ... du ...«, begann Joe noch völlig überwältig und wurde von Basti unterbrochen.

»Folgendes. Nachdem dich die Schlange gebissen hatte, bist du in eine Art Koma gefallen. Du wurdest von dem Medizinmann des Dorfes behandelt und wie es aussieht mit Erfolg. Daraufhin ging Joe in der Nacht zum verbotenen Ort, was nicht das erstemal war wie er erzählte. Er wurde vom lauten Gebrüll eines Tieres und schreien einer Frau geweckt und dort hingezogen.

Dort machte er eine schreckliche Entdeckung, die sich zwar nicht zu Hundertprozent bestätigen lässt, dennoch sehr naheliegend ist.

Joe fand dort eine Opferstelle mit zwei Ketten, die an Balken befestigt waren. An der einen hing ein weiblicher, hellheutiger Arm und da wir Natascha nicht fanden … naja, kannst dir ja denken.

»Oh mein Gott! Nein, die arme Natascha. Wer hat ihr das angetan?«

»Es muss eine Bestie gewesen sein, die hier im Wald herum lungert. Manuel und die Dorfbewohner stecken gemeinsam unter einer Decke und haben Natascha wohl bis zur Nacht vor uns versteckt gehalten, um sie dann zu Opfern. Daraufhin flohen wir in diese Höhle.«

»Genau mein Schatz. Wir versuchen außen herum zu laufen, bis hin zum Hotel um Hilfe zu rufen.«

Marie sah sie nacheinander an.

»Ich hätte da dann noch ein paar Fragen. Erstens werden sie nicht dort auf uns warten?

»Dachte ich auch erst.«, warf Chris ein.

»Ich auch, aber wir werden nicht sofort aufbrechen. Erst sollst du zu Kräften kommen. Wir werden schätzungsweise zwei bis drei Tage später am Hotel ankommen und dann müssen wir halt hoffen.«

»Ok, riskant, könnte aber klappen. Aber was machen wir mit dem Ding im Dschungel? Was machen wir, wenn es uns findet?«

Sie sah Basti an.

»Da habe ich schon eine Vermutung.« sagte er. »Ich gehe davon aus, dass diese Kreatur Nachtaktiv ist. Bislang waren wir immer am Tag unterwegs und Manuel wurde sichtlich unruhig, als die Dämmerung eintrat und sagte uns, das wir zügiger gehen sollten. Daher denke ich, dass wir uns darüber keine Sorgen machen sollten.«

»Hört sich logisch an, da könnte was dran sein..« Joe kuschelte sich an Marie und Basti stand gefolgt von Chris auf, um sich ein wenig die Füße zu vertreten.

Plötzlich stoß Marie ihren Geliebten zur Seite.

»Wo ist Silvia?«

Die drei Männer sahen sich fragend an.

Marie sah böse drein und kannte die Antwort auf ihre folgende Frage bereits, konnte es aber einfach nicht fassen.

»Habt ihr sie etwa vergessen?«

Chris und Basti sahen zu Joe.

»Was schaut ihr mich so an. Ihr habt auch nicht an sie gedacht! Hat sie überhaupt einer von euch gesehen, nachdem ihr wieder im Dorf wart? Sie ging doch mit Manuel los.«

Beide verneinten.

»Also ist sie in den Händen von Manuel und den Dorfbewohnern ja?«, fragte Marie.

»Sieht so aus.«, sagte Joe.

Sie schwiegen sich an.

»Was machen wir denn nun?«, fragte Chris.

»Wir müssen sie natürlich befreien. Sie kann nicht zurück bleiben und der Kreatur zum Abendbrot vorgeworfen werden.«, erklärte Marie.

Und wieder gab es eine Schweigeminute. Basti ging zum Ausgang und sagte, dass er kurz was nachsehen müsste.

»Was hat er vor?«, fragte Chris.

Marie und Joe zuckten nur mit den Schultern.

Basti kam wieder und sein Gesichtsausdruck schien betrübt.

»Ich habe mir was überlegt. Da Marie noch ruhe brauch, wird sie mit Chris hierbleiben. Es wird bereits dunkel und wir können uns keine Verzögerungen leisten. Joe und ich werden los rennen und schätzungsweise gegen Mitternacht am Dorf ankommen und versuchen Silvia zu befreien, ohne großes Aufsehen zu erregen. Ihr werdet Morgen früh bei Sonnenaufgang loslaufen und werdet im Hotel um Hilfe rufen. Habt ihr alles soweit verstanden?«

»Ja … aber was ist mit euch. Wenn ihr es nicht schafft, seit ihr auch in Gefahr.«, jammerte Marie.

»Schatz wir schaffen das schon. Du musst dir keine Sorgen machen. Schließlich will ich noch was von dir haben und das weit weg von hier.«

»Ok Joe, aber seit vorsichtig. Denkt dran, dass das Ding noch da draußen ist.«

Joe umarmte Marie und gab ihr einen Kuss. Dann stand er auf, ging zu Basti und drehte sich noch einmal um.

»Wir sehen uns dann morgen. Chris, pass auf sie auf.«

»Mache ich.«

Joe sah noch einmal in Maries Augen, drehte sich um und folgte Basti zum Ausgang.

## 20.

Es wurde bereits dunkel, als sie die Höhle verließen. Joe und Basti sahen sich um und lauschten.

»Alles soweit ok. Wir können los.«, sagte Basti.

Sie liefen durch das Dickicht zurück zum Dorf, in der Hoffnung rechtzeitig anzukommen. Joe hatte ein wenig Angst davor, unterwegs auf diese Bestie zu treffen. Er erinnerte sich an die Busfahrt und an diese großen, gruseligen Augen, die was zu fressen suchten.

»Halt, warte Basti. Wir können Chris und Marie nicht alleine loslaufen lassen. Mir ist da etwas eingefallen, was mir überhaupt nicht gefällt.«

»Wie? Was denn?«

»Kannst du dich noch an die Fahrt zum Hotel erinnern, als ich sagte, dass ich im Busch gelb leuchtende Augen sah und diese kurz darauf verschwanden.«

»Ja, worauf willst du hinaus?«

»Ich bin fest der Meinung, dass es diese Kreatur war und das würde bedeuten, dass sie auch Tags über unterwegs ist und such nach fressen.«

»Du hast recht, wenn es wirklich dieses Ding war, was ich nicht hoffe, dann haben wir doch noch ein größeres Problem. Nicht das wir schon genügend davon hätten. Wir müssen es riskieren, anders kommen wir nicht von Pantok runter. Zudem wird es immer in der Nähe des Dorfes bleiben, da es weiß, dass es dort im Augenblick regelmäßig was zu fressen bekommt«

»Stimmt auch wieder. Na dann wollen wir mal hoffen.«, beendete Joe.

Sie kamen gut voran, was wohl daran lag, dass sie keine weitere Last mit sich tragen mussten.

Es wurde später und später. Sie waren bereits drei Stunden unterwegs und wussten, dass es nicht mehr weit seit konnte. Die Angst in Joe stieg von Minute zu Minute. Er wusste, je näher sie ans Dorf kamen, umso größer war die Möglichkeit auf dieses Ding zu stoßen oder gar auf Dorfbewohner, die sie suchten.

Plötzlich blieben beide stehen und bekamen vor Schreck kaum Luft. Sie Atmeten schwer und ihre Herzen begannen heftig zu schlagen.

Vor ihnen im Busch bewegte sich etwas. Es knurrte und schmatze, als würde es gerade einen Gutenachtsnack verschlingen.

War dies das Ende der Reise, würde Joe Marie nie wieder sehen, dachte er sich.

Joe und Basti begannen laut zu lachen, als sie sahen, dass ein Waschbär mit einer Eidechse im Mund hervor kam.

Sie sahen sich an und schüttelten den Kopf.

»Was für eine wilde Kreatur.«, stieß Basti aus.

Darauf hin ertönte ein lautes, donnerndes Gebrüll. Es schien nicht weit entfernt zu sein. Wieder wurden die beiden still.

»Das gefällt mir ganz und gar nicht. Hörte sich an, als wäre es gerade mal hundert Meter hinter uns und dieses Mal glaube ich, ist es wirklich eine wilde Kreatur«, flüsterte Joe.

Mit ängstlichen Augen sah Basti ihn an.

»Lauf so schnell du kannst.«

Nichts lieber als das, schoss es durch Joes Kopf.

Sie rannten los und noch um einiges schneller als zuvor. Fast alle hundert Schritte sah sich Joe um, konnte aber nichts erkennen. Nachdem vierten Mal umschauen, stolperte er über eine Baumwurzel, die leicht aus dem Boden ragte und fiel hin. Panisch raffte er sich wieder auf, sprintete los und holte Basti wieder ein. In regelmäßigen Abständen brüllte der Verfolger. Allerdings wurden die Laute immer leiser, so als würden sie das Biest abhängen.

Nach einigen Minuten der Angst und den ständigen prüfenden Blicken zurück, hörten sie nur noch die Blätter und Äste unter ihren Füßen, die die Flüchtigen zertrampelten.

*Abgehängt und wieder in Sicherheit,* dachte sich Joe. Doch die nächste Aufgabe, ließ nicht lange auf sich warten.

In der Ferne sahen sie ein helles Licht. Es kam vom Lagerfeuer des im Dorfes. Sie hatten ihr Ziel erreicht und wurden immer langsamer, bis sie nur noch schlichen.

»So Joe, nun schlägt die Stunde der Wahrheit. Wir versuchen so nah wie möglich heran zu kommen und verschaffen uns dann einen Überblick.«

Joe stimmte mit einem Kopfnicken zu und folgte Basti so leise er konnte.

Sie blieben am Dschungelrand stehen, versteckt hinter Büschen, so dass niemand sie sehen konnte, aber sie selbst ausreichend Sicht hatten.

Das Lagerfeuer war bereits halb herunter gebrannt. Sie sahen sich um, konnten aber niemanden entdecken.

»Basti, meinst du die schlafen alle oder sind noch auf der Suchen nach uns?«

»Ich bin mir nicht sicher. Ich würde sagen, wir schleichen uns als erstes in die Hütte von Silvia und sehen dann weiter. Hoffen wir das Beste.«

Wieder ging Basti mit sanften schritten vor, gefolgt von Joe. Nach einigen Metern, kamen sie bei den Hütten an. Sie gingen zur letzten Hütte, die Silvia gehörte und durchsuchten diese.

Auf dem Boden, kurz vor dem Bett, fanden sie eine kleine Blutspur. Sie sah recht frisch aus und musste von Silvia stammen.

»Was machen wir jetzt Basti?«

»Wir gehen zur Opferstelle. Vielleicht finden wir sie dort. Wenn dies der Fall sein sollte, hoffe ich, dass sie noch am Stück und bei vollem Bewusstsein ist, ansonsten haben wir ein ganz schönes Problem.«

»In Ordnung, diesmal gehe ich aber voraus. Ich kenne mich dort aus und weiß, wo wir uns am besten verstecken können und uns gleichzeitig das Gelände im Blick haben.«, bestimmte Joe.

Er verließ die Hütte, spürte plötzlich einen stechenden Schmerz am Hinterkopf, als er die letzte drei Stufen der Hütte verließ und viel ohnmächtig um.

## 21.

»Joee, aufwachen.«

»Joe, wach auf!«

Immer und immer wieder, drangen ihnen diese Worte durch den Kopf. Sie entsprangen einer sanften Männerstimme, die ihm irgendwie bekannt vor kam.

Sein Kopf hing schwer auf seine Brust herunter. Noch leicht benommen, öffnete er langsam seine Augen und spürte wie sein Kopf schmerzte.

Joe bekam einen Schlag auf dem Kopf, dass wusste er. Doch wer war der blöde Hund, der ihn hinterhältig angriff?

Zudem bemerkte er, dass seine Handgelenke schmerzten. Den Grund dafür fand er schnell heraus. Er hing an Ketten und sein ganzes Körpergewicht daran. Joe schwebte ein paar Zentimeter über dem Boden.

*Oh nein, bitte nicht,* flehte er in seinen Gedanken.

»Na alter Junge, dachtest wohl du könntest einfach so bei uns herein spazieren und machen was du willst. Scheiße gelaufen würde ich sagen.«

Die Stimme dran von hinten in Joes Ohren. Er versuchte seinen Kopf zu drehen, bekam ihn aber nicht weit genug herum, um erkennen zu können wer da sprach.

»Zeig dich du Mistkerl! Ich will wissen, wen ich nachher den Arsch versohle.«

»Aber aber Joe, wir wollen doch nicht Feindseelig werden oder doch?«, schlichen sich die Worte des Mannes hervor.

Joe hörte Schritte, die von hinten, über seine rechte Seite, bis hin nach vorne wanderten.

Er sah diesen Mann und wie er es sich bereits gedacht hatte, Manuel in voller Pracht und einem Grinsen im Gesicht, dass er total irre wirrkte. Was er wohl auch war, überlegte sich Joe.

Doch dann sah er eine weitere Person, die sich von links herum anschlich und neben Manuel hielt. Auch dieser grinste.

Joe traute seinen Augen nicht.

»Das kann einfach nicht sein! Warum?«

Es handelt sich um Basti. Er sah Joe mit erhobener Nase an.

»Das ist eine lange Geschichte, die willst du gar nicht hören. Nimm es einfach so hin und genieße die Show. Du hast übrigens die Hauptrolle in dem Stück. Sie wird in ein paar Minuten beginnen. Wenn sie noch was zu trinken benötigen oder Popcorn, einen Gang auf die Toilette machen müssen, tun sie es bitte jetzt. Ansonsten wünsche ich viel Spaß.«

*Der hat doch nicht mehr alle Tassen im Schrank.*

»Los … erzähl, wenn ich schon drauf gehe, will ich auch wissen warum.

»Na gut mein Freund …«

»Ich bin ganz sicher nicht dein Freund.«, unterbrach Joe.

»Willst du nun die Geschichte hören oder nicht. Also sei still.

Alles was ich euch bisher erzählt habe war gelogen. Ich hatte nie eine Familie die bei einem Unfall gestorben ist und Philosophie habe ich auch nie Studiert.

Ich bin Genforscher und arbeitete damals bei einer Geheimen Organisation, die sich National War Attack oder auch NWA nannte. Wir forschten nach einem Mittel, dass die Leistung der Soldaten um einiges ver-bessern sollte. Laut Plan, sollten sie Stärker und intelligenter werden, zudem sollten all ihre Sinnesorgane so ausgeprägt sein, dass sie jedes Lebewesen auf der Erde übertreffen sollten.

Wir haben Jahre damit verbracht, aber nach etlichen Versuchen und diversen toten Tieren, stand das Projekt auf Messers Schneide. Wir bekamen ein halbes Jahr Aufschub, sollten die Zeit nutzen und positive Ergeb-nisse vorweisen, die die Investoren überzeugte, noch mehr Geld zu investieren.

Leider schafften wir es nicht. Wir kamen zwar gut voran, aber es reichte nicht aus.

Die Gelder sollten uns gestrichen werden, was wir natürlich nicht einsahen. Wir hatten viel zu viel Zeit investiert, als das wir einfach aufgeben konnten. Doch die Entscheidung stand fest, nachdem wir keine Ergebnisse am Stichtag hatten, wurden uns die Gelder gestrichen. Meine drei Kollegen und ich wurden verschiedene Projekte zugeteilt. Ich sollte bei der Forschung, für ein Heilmittel gegen den HI-Virus helfen, was mich aber nicht im Geringsten Interessierte. Sie konnten mich nicht einfach so von meinem Projekt entziehen, also arbeitete ich heimlich daran weiter. Nacht für Nacht schlug ich mich damit herum.

Mit Erfolg, wie du bald feststellen wirst. Zwar könnte man optisch noch was dran machen, aber es reicht auch so …«

Basti hielt kurz inne. Ein leichtes und befriedigendes Grinsen stellte sich bei ihm ein und er fuhr fort.

»Ich nahm mir meinen Gen mix, den ich Transformed Body oder kurz TB25 nannte und spritze ihn in ein Kaninchen. Nach ein paar Stunden, verwandelte es sich in ein super Kaninchen. Es zerstörte seinen Käfig und die halbe Einrichtung des Labors, was mir zu dem Zeitpunkt allerdings egal war. Ich habe mein Ziel erreicht. Nach acht Jahren Forschung und Demütigung, habe ich das Ultimative Mittel geschaffen.

Leider fanden meine Kollegen heraus, als ich in Erklärungsnot kam, warum das Labor so wüst aussah und fanden das Kaninchen. Mein Geheimnis war keines mehr.

Es gefiel ihnen überhaupt nicht was ich dort getan habe und forderten umgehend das Sicherheitspersonal an.

Diese erschossen mein Kaninchen, als sie bemerkten, dass sie es nicht schafften es tot zu prügeln, geschweige den zu fangen. Danach warfen sie mich für immer raus, wussten aber nicht, dass ich mir den Rest meines Elixiers eingesteckt habe. Meine Lizenz wurde mir entzogen und ein Gerichtliches Verfahren stand vor der Tür, doch ich packte meine Sachen und floh.

Hier, auf der Insel Pantok, fand ich dann schließlich meine Ruhe zu forschen. Es müssten jetzt drei Jahre vergangen sein, als ich hier ankam. Oder ist es noch länger her?

Egal.

Schon damals war Manuel hier als Reiseführer und Mädchen für alles beschäftigt. Alle zwei Monate brachte er Touristen und führte sie in ihren Traumurlaub.

Damals kamen sie auch noch lebendig nach Hause. Bis wir dann einen Pakt schlossen. Aber genug von der Vergangenheit, wir sind jetzt hier und wollen unseren Spaß.«

Joe sah ihn nur fassungslos an und schüttelte mit dem Kopf.

*Der ist ja noch wahnsinniger als ich dachte.*

»Möchtest du uns etwas sagen Joe? Du siehst so aus, als läge dir etwas auf den Herzen.« fragte Basti höhnisch.

»Was ist das denn nun für ein Ding da draußen?« fragte Joe verbittert.

»Na gut, dann werde ich dir auch noch den Rest meiner Geschichte erzählen.

Wie gesagt, ich kam hier auf die Insel und wurde freundlich aufgenommen. Ich hatte meinen Plan fest vor Augen und wusste Haargenau, wie ich mein Projekt weiterführen konnte, ohne das es jemanden stören, geschweige denn, überhaupt heraus finden könnte. Das Hotel, indem wir waren, war damals nichts im Gegensatz zu heute. Es besaß gerade mal zwei Sterne. Da ich mir aber hin und wieder Geld beiseite gelegt habe, während ich noch für die NWA arbeitete und dieses nie aufflog, renovierte und baute ich das Hotel aus. Zudem richtete ich mir ein geheimes Labor ein. Dort verbesserte ich mein Elixier und machte einen Finalen Test.

Ich spritzte es einen Einheimischen kleinen Jungen, dieser war Todkrank und hatte eh keine Chance auf Heilung. Ich gab vor, etwas zu besitzen was ihm eventuell wieder heilt und hatte somit mein erstes Menschliches Versuchskaninchen. Zuerst geschah nichts, aber dann nach zwei Tagen veränderte sich der kleine Junge. Seine Muskeln prägten sich gigantisch aus und seine Sinnesorgane verbesserten sich ungemein, alles wie geplant. Ich hatte es geschafft, TB25 wirkte erfolgreich beim Menschen und ich besaß meinen eigenen Soldaten. Den Eltern erzählte ich, dass es zu spät gewesen sei, dass er starb und zog ihn heimlich im Hotel auf. Ich trainierte ihn und brachte ihm alles bei, was er wissen musste. Wie einen Hund habe ich ihn aufgezogen. Nun hört er nur auf mich und macht alles was ich will. Das ist meine Kreation und sein Namen ist Tanus,

Ich verbreitete Angst und Schrecken auf der Insel und wurde so zum Chef dieses Paradieses.

Das einzige Problem bestand nur noch darin, seinen Hunger zu stillen. Er fraß nur noch rohes Fleisch und konnte mächtig aggressiv werden, wenn er es nicht bekam. Als ich einige Inselbewohner an ihm verfüttert hatte, kam mir eine andere Idee in den Kopf.

Ich gründete eine Zeitschrift, diese sollte durch Reisen Menschen herlocken, die eh niemand vermisst, da sie fast keiner kennt oder kennen wollte. Also so wie ihr, die einsamen auf der Welt, die jeder mied. So entstand der der Deal zwischen Manuel und mir. Schöner Leben, toller Name für eine Zeitschrift oder? Zusammen suchten wir geeignete Personen und sammelten ausreichend Informationen über sie, bis wir uns ganz sicher sein konnten, dass es die richtigen waren.«

»Du bist solch ein Penner. Man sollte dich hier hinhängen, zum Abendbrot servieren und anschließend dieses Ding töten. Glaub es mir, ich sorge dafür, dass alles auffliegen wird.«, brüllte Joe.

»Tja, wie es aber der Zufall so will, beziehungsweise ich, hängst du nun da und wirst keine Möglichkeit mehr haben, mit jemanden darüber zu reden. Außerdem wer sollte mich aufhalten? Du etwa? Ganz sicher nicht. Seit gut zwei Jahren spielen wir dieses Spiel schon und bislang bekam niemand was mit, weil alles einfach zu gut durchdacht ist.

Manuel besorgte mir das Futter und er bekam massig Geld. Zudem waren auch die Dorfbewohner recht glücklich darüber, schließlich wurde niemand von ihnen mehr zum fraß vorgeworfen.

Im Großen uns Ganzen würde ich sagen, haben wir alle was davon.

Übrigens, deine Geliebt werde ich wohl bei mir behalten. Sie ist ein ganz süßes Ding. Brauchst dir also keine Sorgen machen. Marie wird es gut bei mir haben. Sie und Chris müssten eigentlich morgen bei uns eintreffen. Ich habe nämlich Bob und Jules losgeschickt, um sie zu holen. Und falls du dich fragen solltest wo Silvia ist, die liegt irgendwo tot im Dschungel. Sie ging Manuel mit ihrer Art ganz schön auf den Sack und da machte er kurzen Prozess. Wir sind also umsonst zurück gegangen. Naja nicht ganz. Es gibt da ja noch jemanden, der dich zum fressen gern hat und dich kennenlernen möchte.«

Basti brach in lautes Gelächter aus. Er kriegte sich gar nicht mehr ein und auch Manuel begann zu lachen. In Joe stiegen Gefühle von Hass, Eckel und Angst auf. Allerding keine Angst vor dem Tod, sondern um Marie.

»Wieso verfolgte uns keiner der Einheimischen? Sie sind solch gute Fährtenleser, sie hätten uns eigentlich finden müssen?«, fragte Joe.

»Da hast du recht. In einem Augenblick der Achtlosigkeit eurer seits, zeichnete ich ein paar Anweisungen in den Boden. Ich wusste meine Jungs würden sie entdecken und sofort verstehen. Ich sagte ihnen, dass sie uns auf keinen Fall folgen sollten, ich würde wieder zurückkehren und mich um alles kümmern. Und so war es dann auch.«, antwortete ihm Basti. »So ich werde jetzt gleich mal deinen Spielgefährten rufen.« sagte Basti. Er drehte sich zu Manuel und befahl ihm zurück zu den Einheimischen ins Dorf zu gehen. Was er auch umgehend tat.

»So, nun ist es soweit. Ich werde dich gleich verlassen. Hast du vielleicht noch einen letzten Wunsch?«

»Ja … bitte. Da ich glaube, dass mein Wunsch mich gehen zulassen wohl nicht erfüllt wird, bitte ich dich daher, dass du mich von einer Kette befreist, damit ich zumindest ohne diese schmerzen an den Handgelenken sterbe.«

»Mmh … ich denke den gefallen kann ich dir tun.« Basti betrat die Plattform und ging zur rechten Säule. Er nahm einen Schlüssel aus seiner Hosentasche und führte ihn ins Schloss am Kettenende, dass Joes Handgelenk mit einer Art Schelle umklammerte.

Er drehte den Schlüssel. Es klickte. Joe schwang ein Stück nach links und stand wieder mit beiden Beinen auf dem Boden.

*Jetzt oder nie*, dachte sich Joe.

Joe sprang mit den Füßen voran auf Basti zu, umklammerte ihn an seiner Hüfte und zog ihn zu sich. Basti stürzte fast, was Joe die letzte Chance aufs überleben vermasselt hätte. Er konnte ihn aber stützen und griff sofort um Bastis Hals.

Nun hatte er ihn im Schwitzkasten. Er drückte so fest zu wie er konnte und ließ dabei seine ganze Wut und Angst heraus. Basti griff mit seinen Händen nach Joes Arme und versuchte sich zu befreien, aber keine Chance.

Kleine pieps Geräusche drangen aus Basti seinem Mund, es sollten wohl Hilfe rufe werden oder Pfiffe, womit er wohl sein kleines Haustier herbeizurufen versuchte. Vergebens.

»Na mein Alter. Wie geht´s? Wird dir schon schwarz vor Augen? Ich habe dir doch gesagt, dass du einen Arschtritt von mir bekommst. Der arme kleine Joe, der nichts auf die Reihe bekommt, ja? Nicht mit mir.«

Langsam lösten sich Bastis Hände von Joes armen, rutschten und vielen herunter. Aber Joe hörte nicht auf zu würgen, zu groß war sein Hass.

Mit schmerzverzerrtem Gesicht, ließ er dann doch los. Er hielt Basti mit den Beinen aufrecht. Es hingen nun zwei Personen an seinem Handgelenk und die schmerzen wurden so unerträglich, dass Joe bereits die ersten Tränen die Wange hinunter liefen.

Er ließ Basti wie einen Sack Kartoffeln fallen und sah sich nach dem Schlüssel um. Joe hatte nicht mehr viel Zeit. Manuel würde sich wundern, wo der Pfiff nach Tanus bleibt.

»Solch ein Mist! Wo ist dieser verdammte Schlüssel!« Der Schlüssel war einfach nicht mehr aufzufinden. Nachdem Joe den Verräter mit mehreren Tritten von der Plattform stieß und den gesamten Boden absuchte, begann er schon fast aufzugeben.

*Tja mein Schatz, dass war es wohl. Ich dachte wir könnten unsere Zukunft miteinander verbringen, aber hier und jetzt ist wohl doch mein Ende gekommen.*

Joe sah zum Himmel hinauf und betete.

»Lieber Gott. Lege deine schützenden Hände über Chris und Marie. Führe sie aus dieser Hölle und wenn du dann noch Zeit hättest, vernichte diese Kreatur. Außerdem hätte ich auch nichts dagegen, wenn du mich irgendwie aus meiner Situation befreien könntest. Amen.«

Sein Kopf wandte sich zu seinem schmerzenden Handgelenk. Er sah sich die Schelle genauer an, fand aber keine andere Lösung, als sie mit dem Schlüssel zu öffnen.

»Du Dummkopf! Natürlich, wie konnte ich das nur vergessen.« schimpfte Joe.

Ihm viel ein, dass er Basti direkt nachdem er den Schlüssel umdrehte und es klickte, seinen Angriff startete.

Sein Blick konzentriert sich auf die andere Kette und dort hing er, im Schloss der Schelle.

Er streckt sich soweit es nur ging und Joe erkannte ein neues Problem. Nur wenige Zentimeter fehlten ihm zu seiner Freiheit. Sein Arm war einfach zu kurz.

Er versuchte es erneut und streckte sich so weit es ging. Doch es fehlten ihm noch immer einige Zentimeter.

Joe grübelte ein wenig nach und entschloss sich dann zu einer Methode, die ihn eventuell half, aber auch ganz schön nach hinten losgehen konnte. Er sprang hoch und trat so vorsichtig er konnte zu. Er benötigte mehrere Versuche, was ihm viel Kraft kostete und es wurde belohnt.

Der Schlüssel rutschte aus dem Schloss und viel zu Boden.

*Bitte, Bitte, fall nicht zu weit.*

Wie in Zeitlupe, viel der Schlüssel hinab. Mit einem kleinen -Kling- nahm er Kontakt zum Boden auf und sprang durch den Aufprall wieder hoch, glücklicherweise ziemlich senkrecht.

Und wieder ein -Kling-.

Weitere zwei Mal, trumpfte der Schlüssel in immer kleiner werdenden Abständen auf.

Joe hatte Glück. Der Schlüssel wanderte sogar ein Stückchen in seine Richtung.

Mit seinem rechten Fuß zog er sich den Schlüssel heran und konnte es einfach nicht glauben. Morgen würde er Marie wieder sehen.

Doch so einfach wie er sich das dachte, sollte es nicht werden. Entsetzt und ganz schön angepisst, dachte Joe über sein neues Problem nach.

*Das wird ja immer lustiger, wie bekomme ich den jetzt den Schlüssen hinauf in meine Hand?*

Gute Frage. Schließlich hing er mit der linken Hand noch in der Schelle und konnte sich so gut wie gar nicht beugen. Um aber an den Schlüssel zu kommen, war eine Art Hofknicks von Nöten.

Da kam ihn dann die rettende Idee.

Joe machte es einfach wie die Affen. Er drückte den Hacken des rechten Schuhs an den linken und zog ihn somit aus, danach hob er sein Bein und entledigte sich seines Sockens. So müsste es nach seiner Ansicht klappen.

Mit einem gezielten und sicheren Griff, schnappte er sich den Schlüssel mit seinen Zehen. Wieder hob er sein Bein an und ließ den erbeuteten Schlüssel in seine Hand fallen, die bereits Sehnsüchtig wartete. Er führte ihn ins Schloss und als er es gerade öffnen wollte, hörte er hinter sich in den Büschen, lautes knistern und rascheln.

»Mist, jetzt klotz aber ran Joe.«, sagte er zu sich.

Als die Schelle geöffnet war, sprintete er los in Richtung Pfad, blieb aber nach einigen Metern stehen, als er seinen Namen fallen hörte.

»Joe!«, rief ihn eine sehr bekannte, liebliche Stimme.

*Nein, dass kann nicht sein.*

Er wandte sich zu den Büschen und sah, wie zwei dunkle Gestalten heraus schlichen. Die eine Person begann zu rennen, direkt auf Joe zu. Als sie immer näher ins Licht des Feuers kam, traute Joe seinen Augen kaum.

»Marie!«.

Joe stürmte ihr entgegen und als sie sehnsüchtig aufeinander trafen, vielen sie sich voller Freude in den Arm. Sie Küssten sich hemmungslos und wild. Dann kam auch Chris bei ihnen an.

»Wieso seit ihr hier? Ihr solltet doch zum Hotel gehen? Ist aber auch gut so.«

»Wir wollten euch nicht alleine mit den Einheimischen lassen und machten uns wahnsinnige Sorgen. Nach langem hin und her Diskutieren mit Chris, konnte ich ihn überzeugen euch zu folgen. Wir liefen so schnell es ging, verliefen uns aber ein wenig. Wir kamen auf dem Pfad des Hotels heraus, liefen dann bis zum Dorf und außenherum zu dem verbotenen Platz.«

Sie sah zu der Stelle, an der Joe zuvor hing. Die drei standen gemeinsam gut fünfzehn Meter hinter der Opferstelle.

»Was ist eigentlich mit Basti, wo ist er?«, fragte sie.

»Na dort oben, er liegt vor den Balken. Er gehört mit zu den Bösen. Ich korrigiere, er ist der Anführer der ganzen Sippe hier. Er ist es auch, der die Kreatur geschaffen hat und sich so die Insel unter den Nagel riss. Aber die Geschichte erzähle ich euch zu einen späteren Zeitpunkt.«

»Joe, wo soll er angeblich liegen?«

»Wieso angeblich?«

Er drehte sich um und schluckte kräftig, als er sah, dass Basti verschwunden war.

»Eben gerade lag er noch da. Wo ist er hin?«

Joe nahm Maries Hand und zerrte sie zum Busch, aus dem sie und Chris kamen. Chris folgte ihnen.

»Wir müssen hier schnell weg! Komm Chris, beeil dich!«

Sie verschwanden im Busch und durchquerten den Dschungelabschnitt, durch den sich Marie und Chris zuvor kämpften, bis sie wieder auf dem Pfad des Hotels waren. Dort angekommen rannten sie um ihr Leben. Den Pfad entlang, ab in Richtung Hotel und mit der Angst im Nacken, dort nicht lebend anzukommen.

## 22.

*Was für eine scheiß Reise*, dachte sich Joe. Hätte er das vorher gewusst, wäre er zuhause geblieben.

Sie waren nun fast eine halbe Stunde unterwegs und wurden langsamer. Sie konnten nicht mehr, zu groß waren die Strapazen in den letzten Tagen.

»Können wir nicht eine Pause machen?«, fragte Chris.

»Aber klar doch, wenn du keine Lust hast von hier zu verschwinden und im Magen dieses Ungeheuers landen willst, gerne.«, antwortete ihm Joe.

Genau wie Marie und Chris, war auch er genervt und wusste, dass er Chris auch eine freundlichere Antwort hätte geben können. Fakt war aber, dass jede Sekunde zählte und sie mit Sicherheit verfolgt wurden und das nervte Joe total.

»Ich werde das Gefühl nicht los, dass wir beobachtet werden. Geht's euch auch so?«, fragte Marie.

»Ich glaube wir haben einen guten Vorsprung und so schnell wie wir gelaufen sind, da können sie uns noch nicht eingeholt haben.«, beruhigte Joe.

»Du hast recht, dennoch sollten wir wieder laufen statt zu gehen.«

»Von mir aus.«

Joe sah mit einem Fragenden Blick zu Chris. Dieser nickte und die drei begannen wieder mit ihrem Marathonlauf, der aber nicht lange anhielt. Nach gut einer dreiviertel Stunde, gaben sie es auf und folgten den Pfad nur noch im Schritt.

Alles um sie herum sah gleich aus, hier ein Busch, dort ein Baum und die ewig wirkende Dunkelheit. Dennoch kam Joe diese Gegend an der sie gerade waren, irgendwie bekannt vor. Der Pfad änderte sich langsam vom Sandweg zu einem Steinigen weg mit Gras. Er überlegte, wurde aber plötzlich durch ein lautes Gebrüll unterbrochen. Sie alle wussten was es war und die Reise wohl bald ein Ende nehmen würde. Wie sollten sie gegen dieses Ding ankommen. Zwar hatten sie es noch nicht zu Gesicht bekommen, aber der Erzählung von Basti zufolge, ist Tanus schnell, stark und unbesiegbar. Ein paar hundert Meter hinter ihnen hörten sie, wie Äste zerbrachen und die Büsche ihre klänge von sich gaben.

»Joe, was machen wir jetzt? Das ist unser Ende!«, schrie Marie.

Joe überlegte kurz.

»Lauft! … Lauft so schnell ihr könnt.«

Sie gehorchten und rannten mit einem ratlosen Gesicht los, obwohl sie davon ausgingen, dass sie nicht weit kommen würden.

Doch Joe hatte einen Plan, wie sie kurz darauf feststellten. Sie kamen zu dem See, an dem sie eine Pause einlegten als sie auf den Hinweg zum Dorf waren und Joe plötzlich verschwand.

Joe wurde zuvor ganz genau klar wo sie waren. Der Steinige Boden verriet es ihm. Bereits auf dem Hinweg zum Dorf, fiel es ihm auf.

»Los springt ins Wasser!«

Sie sahen ihn an fragend an, sprangen Kopfüber ins Wasser, tauchten auf und warteten auf neue Anweisungen, die umgehend folgten.

Joe befahl ihnen zum Vorsprung unter dem Wasserfall zu schwimmen, tief Luft zu holen und in den Tunnel zu tauchen, der zur Höhle führte den Joe dort zuvor fand.

Joe war der erste, der am Eingang des Tunnels ankam, verweilte dort und führte die beiden hindurch. Chris war als erstes durch und als Marie gerade losschwimmen wollte, hörten sie und Joe ein lautes klatschen. Joe sah sich um, konnte aber nichts erkennen. Er sah genauer hin und erblickte einen mächtigen Schatten in der Ferne, der vorher definitiv noch nicht da gewesen war. Er schubste Marie an, die auch nach hinten blickte und vom Anblick erstarrte.

*Was für ein Kollos*, dachte sie und wurde ein weiteres Mal von Joe an geschubst, damit sie endlich in Bewegung kam.

Sie schwamm los, dicht gefolgt von Joe. Gerade im Tunnel eingetroffen, riskierte er wieder einen Blick zum Schatten.

*Oh nein. Jetzt aber weg hier.*
Tanus kam mit einem Affenzahn auf ihn zu. Joe paddelte
so schnell er konnte. Der Tunnel war sehr eng, was das
vorankommen erschwerte. Aber er schaffte es, war
seiner Meinung nach tief genug im Tunnel und in
Sicherheit.
Dachte er zumindest. Plötzlich ergriff ihn was am Schuh
und versuchte Joe herauszuziehen. Joe krallte sich an
den Steinwänden des Tunnels fest, fand aber keinen
Halt, zu stark war Tanus.
Er hatte eine gewaltige Kraft, einfach unvorstellbar.
Langsam ging Joes Luft aus und er musste sich dringend
was einfallen lassen. Er drehte sein Fußgelenk, schüttelte
es, strampelte und bewegte es auf und ab. Es änderte
aber nichts.
Kurz vorm aufgeben, erschien vor seinen Augen die
Rettende Hand. Es war Chris, der ihm zur Hilfe kam. Sie
griffen sich gegenseitig ans Handgelenk und Chris begann zu ziehen. Joe schüttelt weiterhin seinen Fuß und
spürte, wie dieser sich langsam davon machte.
Der Schuh löste sich komplett und wurde herausgerissen.
Mit letzter Kraft verließen Joe und Chris den Tunnel und
waren vorerst in Sicherheit.
Die Rettung kam zur rechten Zeit, den Joe war kurz vor
dem ersticken und war heilfroh, als er aus dem Wasser
war. Sie schmissen sich zu Marie und lagen erschöpft
auf dem Sandboden der Höhle.
Marie sah sich die Höhle genauer an, um sicherzustellen,
dass diese Bestie nicht eindringen konnte und stellte fest,
dass außer ein paar winzigen Löchern, die etwa
Faustbreit waren, es keine Möglichkeit gab einzu-
dringen. Und da war auch das Problem.

*Wenn hier keiner Eindringen kann, außer durch den Tunnel, wie kommen wir dann hier raus. Tanus wird bestimmt nicht so schnell verschwinden und vor dem Tunnel lauern,* überlegte sich Marie.

Und das zu Recht. Sie war aber genau wie die zwei Männer fix und fertig. Wollte und konnte im Augenblick nicht darüber nachdenken und schlief gefolgt von Joe und Chris, nach kurzer Zeit ein.

## 23.

Es war fast neun Uhr Morgens. Joe wachte auf und spürte jeden einzelnen Knochen und Muskel, vor allem die Beine spielten ihm übel mit. So viel Sport wie hier, hatte er in seinem ganzen Leben noch nicht gemacht. Genauso ging es auch den anderen beiden, die aus ihren Schlaf erwachten, unter Schmerzen aufstanden und umgehend die Höhle absuchten, in der Hoffnung einen Ausgang zu finden.

»Guten morgen ihr beiden. Ich gehe mal davon aus, euch geht es genau so mies wir mir oder?«, fragte Joe

»Mindestens, wenn nicht noch schlimmer.«, antwortete Chris.

»Das kannst du aber laut sagen. Ich spüre Muskeln, die ich zuvor noch nicht mal kannte.«, erwähnte Marie.

»Bin ich froh, wenn alles vorbei ist. Ich schlage vor, ihr sucht weiter und ich werde etwas versuchen. Macht euch aber keine Sorgen, wenn ich nicht sofort wieder da bin.«, sagte Joe.

Diese Aussage gefiel Marie überhaupt nicht.

»Was hast du vor Freundchen?«

»Keine Angst, ich habe beim herein schwimmen, einen längeren Stock auf dem Grund gesehen. Daran werde ich mein Hemd befestigen und es vorsichtig raus halten. Mal sehen was passiert. Auf jeden Fall, werde ich genügen Abstand halten, damit Tanus mich nicht mit seinen Klauen erwischen kann, sofern er überhaupt noch da ist.

»Na gut, sei aber vorsichtig.«

Er zog sein Hemd aus, tauchte kurz ab um den Stock zu holen und kehrte sofort wieder zurück. Er knotete die Ärmel an das eine Stockende, tauchte wieder unter und schwamm in den Tunnel.

Der Stock hatte eine Länge von gut eineinhalb Meter, damit sollte er genügend Abstand haben.

Joe erblickte den Ausgang und begann langsam mit seinem Testmanöver. Er schob Stück für Stück den Stock voran. Das Hemd hing zur Hälfte aus dem Tunnel heraus, wobei er es auch belassen wollte. Er wedelte ein wenig damit herum, aber nichts geschah.

Joe wartete ein wenig ab und war sich Sicher, dass sie durch den Tunnel flüchten könnten. Tanus war verschwunden.

Langsam aber sicher ging Joe die Luft aus, beendete seinen Test und zog den Stock wieder herein. Dann geschah es. Es wurde dunkel im Tunnel und sein Hemd mit samt dem Stock, wurde ihm aus der Hand gerissen. Er erschreckte sich und paddelte panisch zurück. Was nicht sehr leicht war. Joe konnte sich nicht umdrehen, da der

Tunnel viel zu eng war und musste ihn Rückwärts verlassen.

Die Kreatur streckte einen Arm nach ihm, kam aber nicht an Joe heran.

Zum ersten Mal sah Joe etwas von diesem Ding, außer nur Schatten und dessen Größe.

Er sah den kompletten Arm. Dieser ähnelte zwar einen Menschen, war aber viel größer, kräftiger und Behaarter. Der Bizeps hatte fast den Durchmesser von Joes Kopf und dann noch diese riesige Hand.

Es besaß Krallen, die wie bei einer Raubkatze herausfuhren und versuchte nach ihm zu greifen. Nur wenige Zentimeter, trennten Joe von Leben und Tod.

Joe gab alles und erreichte die rettende Höhle. An der Oberfläche angekommen, schnappte er nach Luft und wurde umgehend von Chris und Marie aus dem Wasser gezogen.

»Und ist es noch da?«, fragte Chris.

»In seiner vollen Pracht. Ich weiß nicht was es ist, aber ich bekam vor Angst am ganzen Körper Gänsehaut, als ich den Arm von ihm sah. Tanus muss gut drei Meter groß sein.«

»Na toll … und was machen wir nun?«, fragte Marie.

»Ich würde vorschlagen, dass wir die Höhle von oben bis unten absuchen. Vielleicht finden wir ja was.«, schlug Joe vor.

»Aber genau das haben wir bereits gemacht. Wir können nur durch den Tunnel hinaus.«, erklärte Chris.

»Dann suchen wir erneut. Wir müssen hier irgendwie raus. Er wird solange auf uns warten, bis wir entweder rauskommen oder Basti uns herausholt. Sucht weiter.«

Gemeinsam machten sie sich an die Arbeit und tasteten jeden Stein ab. Doch es sah nicht gut für sie aus.

Joe, der langsam verzweifelte, war an der hinteren Wand, die parallel zum Tunnel stand und trat vor Wut gegen diese.

Einmal, zweimal und ein drittes Mal.

»Das kann doch alles nicht wahr …«

Glück im Unglück. Als er das dritte Mal gegen die Wand trat, bröckelten kleine klumpen in Höhe des Knies herab.

»Chris! … Marie! Helft mir mal! Ich glaube ich habe hier etwas gefunden.«

Sofort kamen sie herangestürmt und betrachteten seinen Fund.

Joe kloppte weiter mit voller Kraft gegen die Stelle an der Wand und immer mehr Brocken fielen herunter.

Nach ein paar weiteren Tritten, beendete Joe den Kampf und sah in das freigeschlagene Loch. Es handelte sich um einen versteckten Tunnel, der ins unendlichen zu führen schien.

»Ich kann dort nichts erkennen. Ich frage mich, in was für einen Zustand der Tunnel ist und ob er überhaupt einen Ausgang Besitzt?«, sagte Joe.

»Wir haben ja keine andere Wahl als es zu probieren. Schließlich können wir den anderen ja nicht benutzen, da dieses Ding dort draußen auf uns wartet. Oder wie siehst du das Chris?«

»Ich würde es auch einfach mal versuchen. Was haben wir denn zu verlieren?«

»Gut, dann versuchen wir es. Ich werde voran gehen. Nach mir kommt Marie und Chris folgt uns als letztes. Wir halten einen Sicherheitsabstand von zwei Metern, falls ein Teil des Tunnels einstürzen sollte. Wir müssen ja nicht alle lebendig begraben werden. Also, lasst uns mal los, ab in die Freiheit.«, sagte Joe.

Nacheinander betraten sie den Weg des ungewissen und hofften auf keinerlei Überraschungen im Tunnel zu stoßen.

# 24.

Es war eng, nass und stockduster. Sie sahen nicht mal mehr ihre eigene Hand vor Augen. Alle paar Meter verwinkelte sich der Tunnel und es wurde so eng, dass die drei auf dem Bauch kriechen musste und Panik bekamen, dass sie stecken blieben und nicht mehr voran kamen. Glücklicherweise litt keiner von ihnen unter Klaustrophobie.

Der Tunnel verlief bergauf und erschwerte damit die Gesamtsituation. Im Schneckentempo krabbelten sie voran und alle paar Minuten stieß sich Joe den Kopf oder den Rücken an scharfen Kanten, die von der Wand, empor schauten. Joe warnte seine Mitreisenden, bei jedem neuen zusammenstoß, damit sie verschont blieben.

Er spürte, wie es auf der Kopfhaut und am Rücken brannte. Zahlreiche Schrammen schmückten ihn und sein Schweiß lief beißend hinein.

Sie waren nun bereits eine halbe Stunde im Tunnel und noch immer war kein einziger Lichtstrahl in Sicht.

*Wie lang ist dieser verdammte Tunnel bloß*, fragte sich Joe.

Langsam ließen die Kräfte nach und sie mussten immer häufiger Pausen einlegen.

»Joe! Marie! Ich kann nicht mehr. Ich bin müde und bekomme kaum Luft.«

»Halt noch durch Kleiner. Es kann nicht mehr weit sein. Ich kann mir nicht vorstellen, dass dieser Tunnel, sich durch den halben Dschungel erstreckt.

Chris lachte erschöpft.

»Was lachst du denn jetzt auf einmal?«, fragte ihn Marie.

»Mir ist ganz schwarz vor Augen.«, antwortete Chris und lachte noch lauter. Er bekam sich fast gar nicht mehr ein.

»Versteht ihr? Schwarz vor Augen … Hahaha.«

Joe musste ein wenig schmunzel. Er fand es gut, dass er trotz alledem noch bei guter Laune war.

Als Chris sich dann wieder fing, krabbelten sie weiter.

Immer wieder stieß Joe sich und bekam langsam Aggressionen.

Fast eine weitere Stunde verging und noch immer waren sie im Tunnel unterwegs, sahen noch immer keinen Ausgang und hatten so langsam die Schnauze voll.

Joes Hände tasteten sich Zentimeter für Zentimeter vorwärts und beschlossen erneut zu halten, um kurz zu verschnaufen.

»Bäh! Was ist denn das?«, rief Joe.

Irgendetwas schlich über seine Hände. Es fühlte sich komisch an und kitzelte ein wenig. Wie eine Spinne, die nacheinander ihre Beine platzierte.

»Was hast … IHHHH!«, schrie Marie los.«Was ist das?«

Und auch Chris bemerkte etwas auf seinen Händen.

»Es müssen irgendwelche Ungeziefer sein. Spinnen, Tausendfüßler oder ähnliches.«, erklärte Joe.

Wie eine wilde Furie krabbelte Marie los und zerquetschte Unmengen an Ungeziefer. Wobei auch sie sich nun Schrammen zuzog und prallte mit ihren Kopf gegen Joes Hintern.

»Ich will hier raus!« schrie sie.

»Beruhige dich Marie. Ich …«, sagte Joe und wurde unterbrochen.

»Gib Gas da vorne, diese Viecher schlüpfen mir bereits ins Hosenbein.«, rief Chris.

»Ist ja gut, wir gehen sofort weiter. Beruhigt euch aber erst. Habt ihr was bemerkt?«

»Nein, was denn Joe?«, fragte Chris.

»Nein! Also sieh zu!«, schrie Marie weiterhin.

»Zum einen ist hier Leben und zum anderen, habe ich das Gefühl, dass die Luft hier besser wird. Ich glaube es ist nicht mehr weit bis zum Ausgang.«

»Dann hopp, beweg deine Gräten.« sagte Marie und schob ihn am Hintern an.

Joe bewegte sich und krabbelte im Eiltempo weiter, blieb aber nach zehn Metern stehen und schrie vor Schmerzen.

»Aua! … das kann doch echt nicht wahr sein!

»Was ist den nun schon wieder?«, fragte Marie.

» Ihr müsst hier auf passen, es kommt eine scharfe Kurve nach rechts. Bin mit meinem Gesicht voll in die Wand gerast.«

Marie bemitleidete ihn und versprach Joe, dass sie sich ausführlich um ihn kümmern würde, sobald sie gemeinsam wieder an der Oberfläche sind.

Seine komplette linke Gesichtshälfte brannte und fühlte sich feucht an. Leider konnte er nicht feststellen, ob es sich um Blut handelte, da es noch immer zu dunkel war. Er sah nach rechts und aufmal überkam ihn wieder dieses Gefühl der Freude wie am Weihnachtsabend. Er sah schräg hinauf und sah kleine Lichtstrahlen, die sich an irgendeinem Hindernis vorbeischlichen, doch leider konnte Joe nicht erkennen, was den Ausgang versperrte. Der letzte Kraftakt und sie wären draußen. Doch es sollte nicht so leicht werden.

Der Tunnel hatte nun eine Steigung von gut dreißig Grad und als Joe begann den letzten Abschnitt zu bezwingen, rutschte er nach einigen Metern wieder hinunter. Der Boden war feucht und schlammig. Fünf Meter bis zum Ziel und doch schien dieses unerreichbar.

Glücklicherweise hielten Marie und Chris ausreichend Abstand, so das Joe nicht in sie rammte. Er kam abrupt zum Stillstand, als er mit seinem Hintern gegen die Wand der Kurve prallte.

»Wir haben da ein kleines Problem Leute.«, berichtete Joe. »Direkt nach der Biegung steigt der Tunnel kräftig an und ist durch den nassen, schlammigen Boden ziemlich rutschig, daher wird das eine sehr schwere Aufgabe für uns. Über Lösungsvorschläge wäre ich sehr dankbar.«

Kurze Stille.

Dann jedoch meldete sich Chris mit der rettende Lösung.

»Wir machen eine Art Räuberleiter. Joe beginnt zu klettern und Marie stützt ihn, dann werde ich nachrücken, meine Füße gegen die Wand der Biegung drücken und euch stützten. Während dessen klettert ihr hinauf. So sollte es klappen.«

»Hört sich vernünftig an Kleiner.«, lobte ihn Joe. »Also lasst es uns versuchen.«

Wieder erklomm Joe den ersten Meter und Marie legte ihre Schulter an Joes Hintern. Ihr Kopf klebte förmlich an seinem Becken. Dann schob sie und er schaffte es auf drei Meter. Nun kam Chris zur Unterstützung und tat das Selbe. Auch sein Kopf klebte an Marie. So stark er konnte, drückte er sich von der Wand ab und schob die beiden hinauf.

Joe war direkt am Ausgang und erkannte was den Tunnelausgang versperrte. Es war ein umgestürzter Baum, der zwar klein aussah, aber dennoch einiges wog und ihre Chance auf Freiheit erschwerte.

Joe drückt gegen den Baum und spürte wie er sich bewegte, aber auch wie sie langsam absackten.

»Ein Baumstamm versperrt den Ausgang. Ihr müsst mich gemeinsam mit voller Kraft nach oben drücken, dann haben wir eine Chance ihn zur Seite zu Rollen. Ich zähle bis drei, bereit?«, fragte Joe.

»Alles klar«, rief Chris und auch Marie stimmte ein.

»Also gut … 1 … 2 und drei!«

Mit stöhnen und schnaufen, schoben sie Joe mit aller Kraft und schafften es, den Stamm soweit fortzurollen, dass sie gerade so hindurch schlüpfen konnten. Joe hielt sich am Baumstamm fest und kniff die Augen zusammen, da das Tageslicht unerwartete Schmerzen verursachte.

Sie waren gerade dabei wieder abzurutschen, doch Marie griff nach Joes Beinen und klammerte sich fest. Chris hingegen rutsche ab und lag erschöpft in der Biegung. Stück für Stück öffnete Joe seine Augen. Er gab alles und zog sich am Stamm hoch. Sein Köper hing über dem Baumstamm und auch Marie war knapp bis zur Hälfte befreit und konnte sich ebenfalls am Stamm festklammern. Genau wie Joe, kniff sie vor Schmerzen die Augen zusammen und öffnete diese nach einigen Sekunden wieder. Joe warf sich gefolgt von Marie über den Stamm. Sie lagen beide auf dem feuchten Dschungelboden und sahen sich verliebt und erleichtert an. Sie gab ihm einen zärtlichen Kuss und setzte sich.

»Ach du meine Güte, du siehst aber schlimm aus. Du hast im ganzen Gesicht Wunden und überall an dir ist Blut. Sieht aus, als hättest du einen Boxkampf hinter dir.«

»Ist nur halb so schlimm. Es geht mir gut. Eine kleine Wäsche und ich sehe aus wie neu.

»Sei dir da nicht zu sicher. Es sieht wirklich schlimm aus.«

»Ich bin mir da ganz sicher.«

Natürlich machte er ihr was vor. Er wollte sie nicht noch mehr beunruhigen. Alles tat ihm weh, es brannte wie Feuer und sein Kreislauf spielte auch langsam verrückt. Dennoch riss er sich zusammen.

»Tut mir leid, dass ich dich vorhin so angemacht habe Joe. Nur habe ich Panik bekommen, als diese ekeligen Viecher über meine Hände krabbelten.«

»Hallo! Seid ihr da oben bald fertig?«, rief Chris.

»Ist schon gut. Es ist für uns alle eine miese Situation Marie. Wir schaffen das aber. Gemeinsam sind wir stark.

Geh mal eben zum Tunnel und frag Chris wie es ihm geht und das er noch einen Augenblick aushalten soll. Ich werde etwas besorgen, womit wir ihn daraus bekommen.«

»Alles klar mein Schatz.«
Das hatte er schon lange nicht mehr gehört und es war wie Balsam für seine Ohren.
Marie gehorchte, kletterte zurück zum Tunnel und Joe ging auf die Suche.
Auch Chris ging es nicht wirklich gut. Er war am Ende seiner Kräfte und genau wie bei Joe, spielte auch sein Kreislauf nicht mehr so mit wie er sollte. Nur er konnte es nicht so gut verbergen.
Joe suchte und wurde nach einer Weile fündig. Er fand einen langen Ast und hoffte, dieser würde von der Länge her ausreichen. Er begab sich zurück und sah in den Tunnel. Er konnte Chris nicht sehen. Es war doch tiefer als er dachte und gab dem Jungen Anweisungen.

»Chris!«
»Ja!«
» Hör zu Chris! Bist du noch einigermaßen bei Kräften?
»Weiß ich nicht genau!«
»Ich werde dir einen Ast hinein reichen und dich hochziehen, du musst dich festhalten und mich mit deinen Beinen unterstützen! Hast du verstanden!?«
»Ja, hol mich bitte schnell hier raus!«
Joe legte sich auf den Bauch, schob den Ast in den Tunnel und robbte mit seinen Oberkörper hinein. Ohne das er was sagen musste, hielt Marie ihn an den Beinen fest, damit er nicht in den Tunnel rutschte und alles wieder von vorne begann.

Chris raffte sich auf und streckte sich. Gerade so konnte er den Ast ergreifen und begann mit Unterstützung seiner Knie den Aufstieg.

»Marie! Pack meinen Hosenbund und zieh!«, rief Joe hinauf.

Meter für Meter kam Chris der Freiheit näher und endlich war auch er draußen. Seine Augen brannten, doch er schloss seine Augen nicht komplett. Es senkte seine Lieder so, dass er noch einen kleinen spalt zur Verfügung hatte und sich gezielt zwischen Joe und Marie setzen konnte. Wie die Hühner auf der Stange, saßen sie auf dem umgefallenen Baumstamm, sahen nach vorne und konnten es noch gar nicht so richtig glauben, dass sie es geschafft haben, endlich raus aus dem engen Tunnel und weit weg von Tanus.

Marie unterbrach die Stille mit einer Frage, die die zwei Männer wie ein Schlag traf.

»Sagt mal, weiß einer von euch, wo wir nun sind?«

Wieder Stille und beide runzelten die Stirn.

»Gute Frage. Joe?«

»Ich … ich glaube … ich habe keine Ahnung. Lasst uns erstmal eine Pause machen, dann werden wir uns den Kopf darüber zerbrechen.«

Sie legten sich hin, mit dem Kopf am Baumstamm gelehnt und schliefen vor Erschöpfung ein.

## 25.

Es war bereits später Nachmittag und es würde nicht mehr allzu lange dauern, bis die Dunkelheit einbricht. Vom Hunger geweckt, sahen sich die drei um und machten sich Gedanken darüber, in welche Richtung sie nun laufen mussten und woher sie was zu essen bekommen.

»Ich muss unbedingt was zu beißen haben, mein Magen knurrt ohne Ende.«, jammerte Chris.

»Ich weiß, meiner und Maries auch. Wir müssen hoffen, dass wir unterwegs Früchte oder etwas Ähnliches finden.«

»Dann lasst uns mal überlegen, wo lang wir jetzt gehen. Wir müssen genau überlegen, ansonsten laufen wir vielleicht wieder zurück und damit in die Krallen der Bestie.« sagte Marie.

Joe sah sich um. Der Dschungel war an dieser Stelle nicht so dicht bewachsen, wie an den bisherigen Stellen, an denen sie waren.

»Horcht mal. Hört ihr auch etwas plätschern?«, fragte Joe.

Chris und Marie strengten sich an und tatsächlich konnten sie auch etwas in der Ferne hören. Fast wie ein kleiner Fluss oder ein Bachlauf.

»Ich würde vorschlagen, wir gehen erst einmal in die Richtung aus dem das Plätschern kommt und sehen dann weiter.«, schlug Joe vor.

Die anderen stimmten ein und so machten sie sich auf den Weg.

Das Geräusch wurde immer lauter und es dauerte nicht lang, da kamen sie an einem kleinen Fluss an.

Chris stürme drauf los und sprang in einem Satz hinein. Joe und Marie hingegen, schlenderten ganz sinnig zum Flussufer, setzten sich und hielten ihre Beine hinein. Dabei tauchten sie ihre Hände ins kühle Nass und wuschen sich ihre Gesichter.

Nachdem er sich das erste Mal Wasser ins Gesicht spritzte, begann er wie eine Sirene zu schreien.

»Solch ein verdammter Mist! Mein Gesicht!«

Er hatte seine Wunden total vergessen.

Chris hingegen genoss das Wasser. Nachdem er mit der Abkühlung durch war, schwamm er zu den anderen beiden und setzte sich mit einen zufriedenen lächeln zu ihnen.

»Dann leg mal los mein Schatz.«, sagte Marie.

»Also, mir geht folgendes durch den Kopf. Die Strömung des Flusses verläuft nach links und das könnte bedeutet, dass der Fluss zum See führt und endet dort als Wasserfall. Klingt ganz logisch oder? Ich würde daher vorschlagen, dass wir Stromaufwärts gehen und sehen, wo wir landen.«

»Alles schön und gut, aber meinst du nicht, dass wir irgendwo am Strand landen werden. Wir müssen aber in den Dschungel und zum Hotel, um von dort, übers Telefon, um Hilfe zu rufen.«, konterte Marie.

»Na schön, hast ja Recht. Dann folgen wir den Fluss leicht versetzt. So entfernen wir uns immer mehr von ihm und kommen hoffentlich weiter ins Innere und eventuell auf den Pfad zurück. Mehr wüsste ich jetzt auch nicht.«

»Lasst es uns probieren.«, sagte Chris.

»Ok, probieren wir es. Was sollte uns den noch schlimmeres passieren.«, meinte Marie.

»Gut. Unterwegs werden wir Ausschau nach etwas essbaren halten und mit viel Glück, finden wir auch was zu trinken.«

Sie machten sich auf den Weg ins Ungewisse, hatten noch immer einen schlimmen Muskelkater und ihr Kreislauf machte immer mehr schlapp. Es fehlte ihnen an Nahrung und Schlaf. Unterwegs unterhielten sie sich darüber, auf welche Mahlzeit sie jetzt am meisten Lust hätten. Vom Schnitzel bis zum Hähnchen, war alles dabei. Zudem kam die Frage auf, wo sie überhaupt heute Nacht schlafen sollten. Sie hielten ausschau und entschlossen sich, am nächst möglichen Platz ihr Lager aufzuschlagen, da es bereits anfing dunkel zu werden und es dann viel zu gefährlich sei, den Dschungel zu durchqueren. Zudem könnten sie Probleme bekommen, die Richtung die sie einschlugen, zu halten, was am Tage schon schwer genug war.

Nach einiger Zeit, die Nacht nahte, fanden sie einen Baum, der hoch oben in der Krone mit irgendwelchen roten Früchten prahlte. Um an sie heranzukommen, musste sich aber einer von ihnen als Kletteraffe melden.

»Ich werde hinaufklettern und unser Abendbrot eben mal herunter holen.«, gab Joe an.

»Du bist viel zu erschöpft und verletzt, als das du jetzt noch klettern könntest. Lass mich oder Chris das lieber machen«, sagte Marie.

»Nein, es geht schon. Ich kenne mich und meinen Körper lange genug. Ich bin gleich wieder da.«

So war es auch. Er war gerade mal drei Meter gekommen, als unter seinen Füßen ein Ast brach. Joe konnte sich nirgends festhalten und fiel Rückwärts hinunter.

Er stürzte auf seinen Rücken und bekam kaum noch Luft. Sofort rannten Marie und Chris zu ihm hin, um nachzusehen, ob mit ihm alles in Ordnung war.

»Joe, hast du dich verletzt? Geht es dir gut?«, fragte Marie, die eh schon um Joe besorgt war.

Er atmete ein paarmal durch, bekam kurze Zeit später wieder Luft und setzte sich hin.

»Mir geht es gut. Fühlt sich nicht so an, als hätte ich mir was getan. Die Luft blieb mir nur kurz weg. Keine bange, der zweite Anlauf wird klappen, ohne das ist runter falle.

»Das glaubst auch nur du! Chris wird dort hinauf gehen und uns die Früchte besorgen. Du holst noch ein biss-chen Luft und hältst den Ball flach.«, schimpfte Marie.

Joe wollte gerade seinen Mund öffnen, als Marie einen sehr fiesen Gesichtsausdruck auflegte. Er schloss seinen Mund wieder und stimmte mit einen Nicken zu.

Chris machte sich auf den Weg, den Baum zu besteigen. Er schoss ihn regelrecht hinauf, sodass man ihn kaum von einem Affen unterscheiden konnte. Joe sah sich das Specktakel an und staunte.

»Mensch, ich wusste das wir vom Affen abstammen und uns weiterentwickelt haben, aber bei Chris ging wohl irgendwas schief.«, sagte Joe.

Marie grinste.

Chris hörte sein Kommentar, kletterte weiter und gab Affengeräusche von sich, die er vorzüglich traf.

»Hier, fangt!«

Oben angekommen, nahm Chris sich eine Frucht nach der anderen und schmiss sie hinunter. Joe und Marie fingen sie auf und legten sie beiseite.

*Guter Junge, sehr gute Arbeit und dann noch diese beeindruckende Show*, dachte Joe.

Doch die Vorfreude wurde getrübt.

Wieder laute Affengeräusche.

»Chris! Sag mir bitte, dass du das warst!«, rief Joe hinauf.

»Nein!«

Joe bekam einen ängstlichen Gesichtsausdruck, was nicht unbemerkt blieb.

»Glaubst du etwa ...«, begann Marie

»Komm da schnell runter. Ich glaube wir bekommen unerwünschten Besuch.«

Und so war es. Paviane, wovor Manuel sie auf der Busfahrt warnte, waren auf den Weg zu ihnen. Sie schwingen oben in den Kronen der anderen Bäume, kamen immer näher und sahen auf keinen Fall Kuschelbedürftig aus.«

»Wir haben uns an ihrer Futterstelle zu schaffen gemacht.«, fügte Marie zu.

»Jupp, dass glaube ich auch und sie sehen sehr böse aus.«

Chris schwang von Ast zu Ast und kam heil unten an.

»Packt euch die Früchte und lauft.«, wies Joe an.

Er war nicht begeistert darüber, schon wieder laufen zu müssen. Um es genauer auszudrücken, es kotze ihn total an.

Die Paviane kamen näher und peilten sie an. Wieder liefen die drei um ihr Leben.

Als sie weit genug von dem Baum entfernt waren, ließen die Affen nach und kehrten zu ihren Baum zurück.

Sie verteidigten nur ihre Futterstelle und schafften das auch, abgesehen von lächerlichen sechs Früchten, die die Größe eines Tennisballs hatten. Sie sahen aus, wie zu groß geratene rote Pflaumen.

Als sie bemerkten, dass ihre Verfolger nicht mehr hinter ihnen her waren, wurden sie langsamer und blieben stehen.

»Was für ein Affentheater.«, scherzte Chris und fing an zu grinsen.

Auch Marie und Joe fingen an zu grinsen und begannen laut zu lachen.

»Hey, seht mal Jungs. Wäre das nicht was für uns?«

Sie standen vor einem Baum, der so gigantisch war, dass die drei fast vor Ehrfurcht umfielen. Noch keiner von ihnen, hatte bisher solch einen Baum gesehen. Er musste einen Durchmesser von fast drei Metern haben und gut dreißig Meter hoch sein. Er besaß einen kleinen Spalt, der gerade so groß war, dass sie hindurch passten und somit wieder in einer Art Höhle saßen. Eine Baumhöhle. Nun hatten sie Früchte zu essen, die auch noch etwas Flüssigkeit abgaben und einen sicheren Schlafplatz, der zwar nicht gerade groß war, aber zusammen gekuschelt, konnten sie bis zum Morgengrauen durchschlafen.

# 26.

Es war wie immer ein wunderschöner Morgen, der ganze Dschungel wachte aus seinem tiefen Schlaf auf und man hörte die Rufe der Vögel und Papageien. Es könnte alles so schon sein, wenn Joe, Marie und Chris nicht auf der Flucht vor den Einheimischen wären. Dann kommt auch noch diese fürchterliche Kreatur hinzu.

Ihre Körper hatten sich ein wenig erholt. Die Wunden heilten langsam und der Muskelkater war auch nicht mehr so schlimm wie zuvor.

Joe wachte auf. Es war gegen acht und er sah zu Marie hinüber. Der Anblick war wunderschön, wie einzelne Sonnenstrahlen ihr Gesicht schmückten. Sein Herz wünschte sich noch viele Tage, an denen er aufwacht und sie in seinen Armen liegt. Dann blickte er über sie hinweg und sah nach Chris.

»Wo ist Chris!?«

Joe sprang auf, weckte dabei Marie unsanft und stürmte aus der Baumhöhle. Keine Spur von dem Jungen. Marie schlenderte aus der Höhle und rieb sich die Augen.

»Was ist den los?«

»Chris ist verschwunden.«

Sie riss ihre Augen auf und sah Joe mit einem starren Blick an.

»Ob er …?«

»Nein, daran darfst du gar nicht denken. Außerdem glaube ich nicht, dass wir dann noch hier wären, gar noch Leben würden.«, unterbrach er sie.

»Hey! Ich habe uns leckere Früchte zum Frühstück besorgt.«, rief Chris, der Plötzlich hinter dem riesigen Baum hervorkam.

Marie erschrak und hätte ihn beinahe aus Reflex eine geklatscht, wäre er nur ein Stück näher gewesen.

»Du Idiot, wo warst du und warum läufst du hier alleine rum?«, brüllte Joe ihn an.

»Tut mir leid. Schlecht geschlafen? Ich habe uns nur Frühstück besorgt. Ich wollte euch nicht wecken und damit überraschen.«

»Ist schon gut Chris. Lieb von dir, aber nächstes Mal weck uns, damit wir zusammen gehen können. Es ist wirklich zu gefährlich hier.«, sprach Marie.

Joe, der vor Wut platzen könnte, hielt sich zurück.

*Der Knabe ist Jung. In seinem alter hätte ich bestimmt das Selbe gemacht.*

»Ok, dann lasst uns Frühstücken und weiter gehen.«, sprach Joe mit patziger Stimme.

»Waren die Affen denn gar nicht da?«, fragte Marie.

»Zuerst nicht, dann aber kamen sie und als ich herunterkletterte um davon zulaufen, blieben sie in den Kronen und machten keine Anstalten mir zu folgen. Es schien mir als hätten sie Angst vor dem großen Chris.«

Joe wurde ganz bleich und auch in Maries Gesicht, konnte man die Furcht erkennen.

»Denkst du auch das Selbe, was ich denke Marie?«

Sie schluckte, konnte aber nicht antworten.

»Wieso, was ist den los.«, fragte Chris.

»Wir müssen hier schleunigst verschwinden. Ich glaube nämlich nicht, dass die Affen vor dem großen Chris Angst hatten, sondern vor dem, was sich uns langsam nähert und unsere Witterung aufgenommen hat.

»Meinst du …«

»Genau das.«

Ohne zu zögern, begannen sie wieder mit ihrem Marathonlauf.

*Ich frage mich, wie viel Vorsprung wir haben? Schaffen wir es rechtzeitig, um uns in Sicherheit zu bringen? Theoretisch ... nein, es ist viel zu schnell. Wir müssen eine Falle bauen, die es ein wenig aufhält, aber was für eine.*

Während der Flucht erzählte Joe von seinen Gedanken und fragte die anderen, ob sie eine Idee hätten. Aber niemand hatte eine, zumindest nicht im Augenblick.

Ein paar Minuten später blieb Chris stehen.

»Wartet, ich hätte da eventuell eine Idee für eine Falle, ich weiß nur nicht ob sie so funktioniert, wie ich mir das vorstelle. Zudem brauchen wir einen Köder, einen von uns.

»Es gefällt mir schon jetzt nicht, aber immer her damit.«, sagte Joe.

»Wir suchen uns einen Baum, der tief unten einen dicken stabilen Ast hat. Diesen spannen wir dann, versehen ihn mit einem Auslöser und wenn das Ding dann nahe genug dran ist, lösen wir diesen aus und bumm, bekommt er eins auf die Glocke.«

»Das ist zu unsicher, was ist wenn er nicht KO geht oder er ausweicht. Denk dran er hat angeblich sehr gute Reaktionen.«, predigte Joe.

»Also ich finde die Idee gut, welche andere Möglichkeit hätten wir sonst?«, warf Marie ein.

»Wir können laufen und uns ein Versteck suchen. Wir sind bereits einmal entkommen und ein weiteres Mal schaffen wir es auch.«

»Schatz, weißt du denn genau, dass hier irgendwo ein Versteck ist, dass ein Hinterausgang besitzt?. Ich denke nicht, dass es hier so oft vorkommt.«

Joe schnaufte.

»Du hast Recht, lasst es uns probieren. Laufen können wir immer noch. Zumindest es versuchen. Aber ich spiele den Köder.

»Nein Joe, du und Chris müsst die Falle auslösen. Ihr seit stärker und könnt bei einem technischen Problem schnell handeln. Ich werde den Köder machen.«

»Aber …«

»Kein aber. Punkt aus ende.«

Joe gab wieder mal nach. Er konnte ihr einfach nichts abschlagen. Gemeinsam machten sie sich auf die Suche nach einem geeigneten Baum und einem Platz, fanden diesen kurz darauf und machten sich an die Arbeit.

Sie spannten zu dritt den Ast, den Chris und Joe gespannt hielten. Es war ein richtiger Kraftakt, aber sie hielten durch. Die beiden hatten ihn so gespannt, dass sie sich hinter Büschen verstecken konnten, aber dennoch alles sahen. Sie mussten schließlich den Überblick behalten, um den genauen Augenblick zu bestimmen, an dem sie die Falle auslösen konnten.

Marie entfernte sich einige Meter von ihnen. Die Falle war weit hinter ihr, dennoch nahe genug, dass sie rechtzeitig in Position laufen konnte.

»Bist du bereit Marie?«, fragte Joe.

»Ja, das Spiel kann beginnen.«

»Bitte, pass auf dich auf.«

Sie schickte ihm einen Kuss und wandte sich nach vorne.

»Hey! Du stinkendes etwas! Komm und zeig dich! Ich habe hier was für dich, aber nur wenn du mich fangen kannst!«

Sie zuckte zusammen, als sie ein lautes Brüllen vernahm. Joe sah Chris an und wollte die Aktion abbrechen, es sei zu gefährlich, aber Chris schüttelte nur den Kopf.

»Wir ziehen das jetzt durch, außerdem ist es eh zu spät. Wir könnten noch nicht mal mehr davon laufen. Denk daran, gemeinsam sind wir stark. Das waren deine Worte.«

Joe sah es ein und blickte wieder durch die Büsche zu Marie.

Der Dschungel war noch immer sehr spärlich, dennoch konnten sie Tanus nicht sehen.

»Na wo bleibst du? Fang mich!«, schrie sie.

Und da sah sie ihn. Tanus in seiner vollen Pracht, wie er aus der Ferne immer näher kam. Er rannte in einem Affenzahn auf sie zu und Marie überlegte sich kurz, ob es wirklich so eine gute Idee war. Sie konnte sich vor Angst nicht mehr bewegen, so etwas Grausames hatte sie bisher noch nicht mal in einem Horror Film gesehen. Auch Joe und Chris erstarrten, als sie ihn zum ersten Mal sahen.

Man konnte erkennen, dass er mal ein Einheimischer gewesen war. Unter seinem Fell, das nicht allzu dicht war, konnte man dunkle Haut erkennen. Er war tatsächlich fast drei Meter groß, genau wie Joe geschätzt hatte, aber auch fast so breit. Tanus besaß wahnsinnige Muskeln und Chris schoss sofort Hulk in den Kopf, dieser ähnelte ihm vom Körperbau Haargenau.

Seine Ohren waren ziemlich groß. Er hatte eine Schnauze und fiese Reißzähne. fast wie ein Werwolf.

Wie an den Händen, besaß er auch an den Füßen Krallen und dann noch diese fürchterlichen, strahlenden gelben Augen, die einen regelrecht hypnotisierten. Im Großen und Ganzen kann man sagen, es ist eine Mischung aus Hulk, einer Raubkatze, einem Werwolf und einem Menschen. Nur das seine Sinnesorgane um einiges stärker ausgeprägt waren.

Tanus kam immer näher und der Zeitpunkt war langsam erreicht, an dem Marie in Position gehen sollte, aber sie stand nur reglos da, hypnotisiert und starr vor Angst.

»Marie lauf!«, rief Joe ihr zu.

»Marie!!!«

Sie zuckte zusammen und kam wieder zu sich. Sie sah das Ding an und ging Rückwärts, Tanus immer im Blick. Sie kam an der Falle an, überquerte diese und blieb mit einem Sicherheitsabstand dahinter stehen.

»Oh nein, es wird mich kriegen! was mache ich bloß!?«, rief sie höhnisch und wirkte wie eine schlechte Schauspielerin.

Tanus war nur noch einige Meter entfernt und setzte zum Sprung an. Jetzt bekam Marie wirklich Angst, aufgrund der Ungewissheit über die Funktionalität der Falle.

Nun war der Zeitpunkt, wo es um Leben oder Tod ging, wieder einmal.

Er sprang gute acht Meter vor der Falle ab und flog auf Marie zu. Indem Zeitpunkt, als Tanus kurz vor der Falle war, ließen Chris und Joe den Ast los, der wie eine Angel gebogen war. Er konnte unmöglich ausweichen, es sei den er könnte auch noch fliegen.

»Schlaf gut Mistvieh!«, rief Marie und mit einem riesen knall, traf der Ast mit seiner vollen Geschwindigkeit den Kopf von Tanus.

Der Ast zerbrach wie ein Streichholz, zeigte aber seine Wirkung. Das Ding viel sofort zu Boden und blieb regungslos liegen.

»Jaa … wir haben ihn erlegt! Scheint so, als sei er doch noch so intelligent, wie Basti ihn beschrieben hat.«, schrie Chris.

Er war sehr erleichtert und konnte sich nicht mehr einkriegen. Auch Marie ließ sich anstecken und sprang vor Glück herum. Auch sie dachte, Tanus sei Tod und das sie ein Problem weniger hätten.

Aber nicht Joe, er ging näher heran und begutachtete ihn genau.

»Dieses Genmanipulierte Ding lebt noch, es atmet.«, sagte Joe, doch Chris und Marie bekamen es nicht mit und tanzten weiter.

»Hört ihr! Er lebt noch und ich glaube sehr viel Zeit haben wir nicht, bis er aus seinem Schönheitsschlaf erwacht.«

Marie und Chris hörten abrupt auf zu tanzen, gingen zu Joe und warfen einen Blick auf die Kreatur.

»Tatsächlich, du hast hat recht«, sagte Marie.

»Dennoch hat es geklappt und wir haben ein wenig mehr Zeit zum fliehen und das Hotel zu finden. Lasst uns schnell weiter.«, sagte Joe.

Unter schnaufen begannen sie erneut loszulaufen. Sie liefen und liefen und liefen.

»Wenn wir so weitermachen, haben wir bald solche Muskeln wie dieses Ding.«, scherzte Chris.

Doch es folgte keine Reaktion der anderen.

Der Dschungel wurde dichter und verlangsamte die drei.

Joe fragte sich, ob sie vielleicht in die falsche Richtung laufen und wenn, was sie dann machen sollten. Nach der ganzen Aufregung, würde es ihn nicht wundern. Er behielt seine Gedanken für sich und sah zu Marie.

»Bald werden wir den Pfad erreicht haben, am Hotel ankommen und rufen die benötigte Unterstützung, die wir brauchen. Sie holen uns hier raus und schon bald können wir etwas Leckeres essen und haben eine unheimliche Story zu erzählen.«

## 27.

Eine weitere Stunde war vergangen und die drei Freunde trafen auf einen neuen Ort.

Es war ein weiteres Dorf und bestand aus zwanzig Hütten, die fast genau so aufgebaut waren, wie die in dem anderen Dorf mit der Opferstelle, nur mit dem Unterschied, dass es kein Lebenszeichen gab und ziemlich heruntergekommen aussah. Es schien so, als sei eine Bombe eingeschlagen. Jede Hütte war ramponiert, hatte unförmige Löcher und es fehlten einige Dächer.

Seit vielen Monaten, musste das Dorf schon ausgestorben sein und dennoch fühlten sich Joe und die anderen beobachtet. Könnten es die Geister der früheren Bewohner sein, die ihre endgültige Ruhe noch nicht gefunden haben?

Vorsichtig betraten sie das Dorf und fanden einen Steinbrunnen, der mit Unmengen von Moos bewachsen war.

»Mit viel Glück, ist dort trinkbares Wasser drinnen!«, rief Marie.

»Wollen wirs hoffen mein Schatz.«

Und tatsächlich, nachdem sie diesen genauer unter-
suchten und den Eimer, der an einem Seil befestig war
herunter ließen, diesen wieder hochholten und das
Wasser abschmeckten, stellten sie fest, dass es sich um
Süßwasser handelte und aus ihrer Sicht trinkbar war.
*Was für ein Segen*, dachte sich Joe.

Wie wilde Tiere rissen sie sich um den Eimer.

»Sagt mal, was meint ihr was hier geschehen ist?«,
fragte Chris.

»Überleg mal, dass liegt ja wohl auf der Hand oder?
Dies war wohl die erste Anlaufstelle für Tanus und als
diese aufgebraucht war, überlegte Basti sich wohl was
neues und erschuf die Zeitschrift mit dem Gewinnspiel.«, antwortete Joe.

»Damit könntest du recht haben Joe.«, sagte Marie.

Joe sah sie verliebt an. Er konnte es kaum erwarten,
ihren Körper wieder an seinen zu schmiegen und ihr
seine Liebe zu zeigen. Aber alles zu seiner Zeit.

Nachdem sie ihren Durst gestillt hatten, erforschten sie
das Dorf und betraten die erste Hütte. Ein kalter Schauer
lief ihnen über den Rücken, gefolgt von Angst. Überall
waren alte Blutflecken. Von der Decke, über die Wände,
bis hin zum Boden. Es sah aus, als hätte jemand eine
Granate geschluckt und zuvor den Stift entfernt.

Knochen diverser Körperteile lagen herum, manche ge-
brochen und andere wiederrum unversehrt.

Marie wurde bei diesem Anblick schlecht und rannte
hinaus. Sie konnte sich gerade noch beherrschen und den
Würge reiz unterdrücken.

Joe und Chris hatten genug gesehen, verließen ebenfalls
die Hütte und sahen nach Marie.

»Geht's wieder Marie?«, fragte Joe.

»Ja, aber ich werde in keine weitere Hütte mehr gehen. Tanus muss regelrecht mit ihnen gespielt haben oder im völligen Blutrausch gewesen sein, ansonsten würde das Blut nicht überall kleben. Wenn ich überlege, wie das hier abgelaufen ist, macht es mich traurig. Mütter, die mit ihren Kindern in der Ecke kauerten, versteckt und schutzsuchen, bis dann Tanus kam und ihre Kinder aus den Armen riss und vor ihren Augen in zwei Hälften teilte … lasst uns von hier verschwinden.«

»Verstehe. Warte nur einen kleinen Augenblick, Chris und ich werden fix durch ein paar Hütten rennen und uns nach was brauchbaren umsehen. Danach hauen wir sofort ab.« schlug Joe vor.

»Ist gut.«

In der Hoffnung, dass die erste Hütte eine Ausnahme war, knöpften sich Joe und Chris eine Hütte nach der anderen vor. Doch auch in denen sah es nicht viel besser aus. Im Gegenteil, in einigen sogar noch schlimmer. Nachdem sie gut die Hälfte der Hütten durchsucht hatten, gaben sie die auf und gingen zurück zu Marie.

»Es ist zwecklos, lasst uns schnell weiter, wer weiß wie lange Tanus noch bewusstlos ist.«, sagte Joe.

Er hatte eigentlich gehofft ein Behältnis oder ähnliches zu finden, damit sie Wasser mitnehmen konnten oder vielleicht irgendwelche Waffen.

Bevor sie wieder aufbrachen, beschlossen die drei noch einmal zum Brunnen zu gehen und noch etwas Wasser zu sich zu nehmen.

Mittlerweile war es früher Mittag, die drei verließen das Dorf und machten sich weiter auf die Suche nach dem Hotel. Und wie es ihr Glück so wollte, hörten sie ein wütendes Gebrüll von Tanus, gerade als sie wieder den Dschungel betraten. Er war erwacht und das bedeutete für Joe und seine Freunde, dass sie wieder ihrer Lieblings Tätigkeit nachgehen mussten, laufen.

Aufgrund dessen, dass der Dschungel so dicht bewachsen war, hatte Joe die Befürchtung, dass Tanus sie einholte und ausschalten würde, ohne dass sie es überhaupt bemerkten.

Büsche mit Stacheln, rissen ihnen kleine furchen ins Gesicht und bohrten sich durch ihre Kleidung. Am aller schlimmsten war es aber für Joe. Er war seit dem Test in der Höhle am Oberkörper nackt, weil er sein Shirt an den Stock knöpfte, um herauszufinden ob Tanus noch auf sie lauerte. Außerdem rissen ihm die Stacheln alte Wunden auf und gruben sich noch tiefer ins Fleisch. Bisher schlug Joe sich wacker und biss die Zähne zusammen, aber er wusste nicht, wie lange er dies noch durchhalten würde.

Sie konnten ihren Augen nicht glauben, als sie ans Ende der stacheligen Büsche kamen und auf einen Weg stießen. Der Weg?

Sie sahen nach links und rechts und hofften auf irgendwelche Anhaltspunkte, an denen sie ausmachen konnten, ob es der richtige Weg ist und wenn ja, in welche Richtung sie weiter müssten. Sie gingen stark davon aus, dass es der korrekte sei und mussten sich entscheiden. Die eine Richtung führte zum Hotel und die andere zum Dorf und an beiden Enden, würde man auf sie warten.

»Was meint ihr? In welche Richtung laufen wir?«, fragte Joe.

Marie und Chris wussten keine Antwort darauf und wollten auch nicht einfach so raten, zu viel hing davon ab.

»Ich denke wir müssen nach links. Wir verließen den Pfad durch den Tunnel, der wenn er mal einen Knick machte, immer nach rechts verlief. Als wir herauskamen, folgten wir den Fluss und auch dort hielten wir uns rechts. Nachdem wir die Affen trafen und unser Nachtlager in dem Baum aufgeschlagen hatten, liefen wir immer gerade aus, durchs Dorf und sind nun hier angekommen. Das bedeutet für mich, wir sind in einem großen Bogen gegangen und würden im Kreis laufen, sollten wir auch jetzt wieder rechts gehen.
Oder wie seht ihr das?«

»Klingt für mich ganz logisch.«, stimmte Chris ein. Doch Marie war sich da nicht ganz sicher, sie konnte Joe nicht ganz folgen.

»Das musst du mir mal genauer erklären, ich komme da nicht ganz mit.«, sagte Marie.

»Ich zeige es dir.«

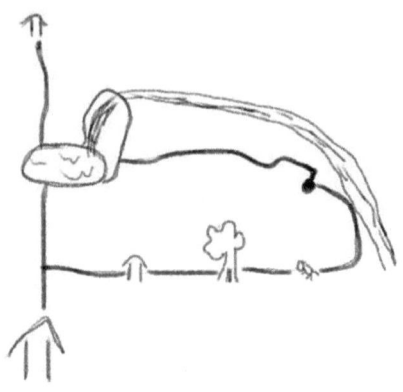

»Unten ist das Hotel. Wir sind mit Manuel und den anderen immer gerade aus gegangen und kamen nach Stunden am See an, dort war auch der Berg mit dem Wasserfall und der unterirdischen Höhle. Wir sind nach der Pause weiter geradeaus zum Dorf, von dem aus unsere Flucht begann. Es ging wieder zurück zum See, ab in die Höhle und folgten dem Tunnel. Am Tunnel-ende sind wir den Geräuschen des Wassers gefolgt und kamen so an den Fluss, der zurück zu dem See führen musste und verließen diesen Meter für Meter und gingen weiter ins Innere des Dschungels. Daraufhin fanden wir die Früchte, wo uns die Affen angriffen, flüchteten und sahen dann den riesigen Baum, der uns als Schlafplatz diente. Von dem aus liefen wir vor Tanus weg, stellten ihm die Falle und fanden ein weiteres Dorf. Dieses haben wir durchquert und liefen geradeaus weiter, bis wir jetzt diesen Pfad entdeckten. Und nach meinem Überlegen und der Zeichnung nach, müssten wir nach links um zum Hotel zukommen.«, erklärte Joe.

»Nicht ganz Picasso, aber verständlich. Ich glaube du hast recht. Außerdem, was haben wir zu verlieren.«, stimmte Marie ein.

»Dann brechen wir mal auf.«, fügte Chris hinzu.

## 28.

Nach eineinhalb Stunden Marsch und noch immer kein Hotel in Sicht, kamen die ersten Zweifel auf. Es wäre auf jeden Fall ihr Ende, sollten sie sich auf den falschen Pfad begeben haben oder in die falsche Richtung laufen. Tanus würde sie irgendwann einholen. Sie hätten dann keine Schutzmöglichkeit und Fallen konnten sie hier auch keine aufstellen.

»Was machen wir eigentlich, wenn wir das Hotel finden sollten? Es werden doch bestimmt einige Einheimische und Manuel dort auf uns warten?«, fragte Chris.

»Das überlegen wir uns dann, wenn wir dort ankommen. Wir werden uns als erstes einen Überblick verschaffen und dann einen Plan austüfteln.«, antwortete Joe.

Die Antwort war für Chris zwar nicht zufriedenstellend, aber er nahm es so hin.

Joe machte die Frage nachdenklich.

*Was machen wir denn dann? Gute Frage. Selbst wenn wir Hilfe rufen könnten, wann trifft diese ein. Alternativ wäre da das Flugzeug, aber wer kann schon von uns fliegen? Das wird noch eine harte Nuss.*

»Worüber denkst du nach?», fragte ihn Marie.

»Über nichts. Ich bin nur heil froh, wenn wir das alles überstanden haben.«, antwortete er.

»Seht, da ist es! Du hattest recht Joe!«, rief Chris und sprang vor Freude.

Da war das Hotel und strahlte wie eh und je in seiner ganzen Pracht. Es war schon ein wunderschönes Hotel, nur zu schade, dass es auf der falschen Insel lag und der falschen Person gehörte.

»Dann lass mal hören.«, sagte Chris und sah Joe fragend an.

Joe ging drei Schritte in Richtung Hotel und schaute es sich samt dem Gelände an, konnte aber nichts Ungewöhnliches entdecken. Es schien ganz so, als sei niemand dort, was natürlich von Vorteil wäre, aber unwahrscheinlich.

»Wir gehen außen herum, durch den Dschungel, bis wir die Rückseite erreichen und dann versuchen wir uns von hinten hereinzuschleichen.«

Er drehte sich zu seinen zwei Weggefährten.

»Chris!«, schrie Joe und noch bevor dieser sich umdrehen konnte, flog sein Kopf gute acht Meter weit in den Busch. Zuckend viel Chris sein Körper zu Boden und Tanus, der Chris enthauptete, brüllte seinen Triumph aus und begann den reglosen Körper zu fressen. Dabei riss er ihm nacheinander die Glieder heraus, wie bei einem Hähnchen die Keulen und nagte das Fleisch herunter.

Joe stand unter Schock, als er das sah und konnte sich nicht rühren. Marie, die mit dem Rücken zu Chris und Tanus stand, drehte sich um und sah nur noch Chris seinen Körper am Boden liegen. Auch sie war im ersten Augenblick geschockt. Sie fing sich wieder, rannte los, griff nach Joe und zehrte an ihm. Doch er bewegte sich kaum und sah starr zu, wie Tanus seiner Mahlzeit nachging.

»Joe! Jetzt beweg dich endlich! Wir müssen zum Hotel!«

Doch er regte sich nicht und Marie blieb nur noch die Möglichkeit einer Backpfeife und siehe da, Joe war wieder bei Besinnung. Er sah Marie an, sie lief los und Joe hinterher.

Glücklicherweise kam Tanus ihnen nicht hinterher, zumindest noch nicht und sie hatten eine reelle Chance ins
Hotel zu kommen.

Ohne sich umzusehen rannten sie übers ganze Gelände,
am Bus vorbei, stürmten durch die Eingangstür in die
Lobby und schlossen sie. Völlig außer Atem, lehnten Joe
und Marie sich an die Tür und stellten fest, dass sie
Glück hatten. Es war keiner da, zumindest konnten sie
keinen sehen.

Joe sackte zusammen und hielt sich mit beiden Händen
den Kopf.

»Warum nur? Wieso haben wir Tanus nicht wahr genommen? Warum Chris? Warum wir? Ich mache Basti
fertig, wenn er mir noch einmal über den Weg läuft!«
schimpfte Joe.

»Wir können nichts für seinen Tod Joe. Du weißt genau
wie ich, Tanus ist eine Kampfmaschine und ist auf die
Jagd trainiert. Jetzt gib nicht auf, wir sind so weit gekommen.

Joe sah sie an und bewunderte sie dafür, wie sie das hier
alles durchstand.

»Lass uns zu den Personalräumen gehen, irgendwo dort
muss das Telefon sein.«, sagte Joe.

Marie half ihm auf und gemeinsam gingen sie zur Tür,
die in den Flur des Personals führte, öffneten sie und
standen nun da, ohne eine Ahnung, wo sie anfangen
sollten. Es waren einige Türen, die sie vor sich hatten.
Joe wusste nur, dass die erste Tür in die Küche führte
und dort auf keinen Fall ein Telefon hing.

»Ich schlage vor, wir arbeiten uns von vorne bis nach
hinten durch, untersuchen jeden einzelnen Raum, bleiben

aber stets zusammen, falls etwas Unerwartetes geschehen sollte.

*Vierzehn Türen, alle durchsuchen, dass wird ja ein Spaß*, dachte sich Marie.

Die erste Tür die sie betraten, lag gegenüber der Küche. Leise schlichen sie sich rein. Es war niemand da, hatte schon Mal was Gutes. Es war ein stinknormales Schlafzimmer. Zwei Fenster mit Gardienen, ein Einzelbett auf der linken Seite, parallel dazu ein Kleiderschrank und daneben ein Fernseher, der auf eine Art Sideboard stand. Der Boden bestand aus schlichten Fliesen und wurde mit zwei Läufern bestückt, aber leider kein Telefon in Sicht.

»Tja, auf ins nächste Zimmer.«, schnaufte Marie.

Genau so ging es die Nächsten Sechs Zimmer weiter, nur Schlafzimmer ohne Telefon.

Dann kam ein neuer Raum, der aber ebenfalls kein Telefon besaß. Es handelte sich dabei um eine Waschküche. Sie war ziemlich groß und wurde durch eine acht Meter lange Arbeitsplatte in zwei Bereiche aufgeteilt. Auf der linken Seite der Waschküche standen die Waschmaschinen, vier an der Zahl und auf der Rechten, Wäschetrockner, ebenfalls vier. Sie verließen enttäuscht die Waschküche und suchten weiter.

Sie fanden noch zwei Toiletten, eine für Damen und eine für Herren und zwei Badezimmer.

Der vorletzte Raum den sie aufsuchten, war ein Aufenthaltsraum. Als Joe und Marie diesen betraten, stieg in ihnen die Hoffnung, endlich hier fündig zu werden.

Auch dieser war mit Fliesen ausgelegt und mit Läufern bedeckt. Es gab einen Pooltisch, einen Dartautomat und einen Fernseher. Genau wie der Aufenthaltsraum oben im Stockwerk, in dem Joe und die anderen ihre Zimmer hatten.

Doch leider gab es auch dort kein Telefon.

»Wo zum Teufel haben sie es stehen oder glaubst du Manuel hat auch damit gesponnen?«, fragte Joe.

»Ich habe keine Ahnung, kann mir aber nicht vorstellen, dass sie hier ohne eine Verbindung zur Außenwelt leben. Wie sonst, hätte er Kontakt mit Manuel halten können und Informationen über uns sammeln können?«

»Du hast recht. Lass uns das letzte Zimmer Vornehmen, vielleicht haben wir dort ja Glück.«

Das letzte Zimmer musste Bastis gewesen sein. Es war sehr Luxuriös. Vom Wasserbett über einen Flachbildfernseher bis hin zum Computer. Alles war da, bis auf ein Telefon.

»Es ist echt zum Verzweifeln! Ich weiß nicht mehr weiter Marie.«

Die Stimmung von den beiden wurde trüb. Nicht nur, dass nun alle Tod waren, die hier mit auf die Insel gereist waren, nun sah es auch noch so aus, als hätten sie selber keine Chance, die Insel Lebendig zu verlassen.

»Komm lass uns gehen Marie, hier finden wir eh nichts, was uns weiter helfen kann. Wir müssen einen anderen Weg finden, um die Insel zu verlassen.«

Joe wollte gerade das Zimmer verlassen, als Marie ihn am Arm packte und ihn mit Strahlenden Augen ansah.

»Ich glaube, ich habe eine Idee. Der Computer. Vielleicht hat er ja Internetanschluss. Damit könnten wir eine Mail schreiben oder sowas ähnliches.«

Joe griff sie und drückte ihr einen dicken Kuss auf.

»Du bist ein Genie.«

Sofort stürmte er zum Computer und drückte den Power Knopf. Ohne Probleme fuhr der PC hoch und schon hatten sie das nächste Problem. Benutzername und Passwort hieß dieses.

»Das kann doch alles nicht wahr sein oder? Ich werde es einfach mal mit Basti und Tanus versuchen.«
Doch die Eingabe war nicht korrekt. Er versuchte es immer und immer wieder mit anderen Passwörtern und Benutzernamen, wie TB25, Pantok und Life Garden, aber nichts funktionierte. Nach zehn Minuten gab er das Vorhaben Computer auf. Er war so wütend, dass er den Monitor vom Computertisch feuerte und wie ein kleines Kind stampfte.

»Wenn ich diesen Hund Basti wieder sehe, dann werde ich ihm so den Arsch versohlen.
Er stampfte weiter aufs Bücherregal zu und riss vor Wut Unmengen an Büchern heraus, doch dabei erwischte er eins, dass sich nicht aus dem Regal entfernen ließ. Er sah es sich genauer an, zog daran und unter höllischem Lärm, teilte sich das Bücherregal und gab einen Geheimgang frei. Mit aufgerissenen Augen und dicken Backen, blickte er zu Marie und sie nickte mit den Kopf, als wolle sie sagen: Nicht schlecht, hast du gutgemacht. Eine Treppe verlief steil hinab ins dunkle und bei dem Anblick kamen bei Marie zweifel auf.

»Willst du da wirklich runter Joe?«
»Warum nicht, was bleibt uns denn noch anderes übrig. Vielleicht finden wir ja dort unten was Nützliches. Durchsuch die Schubfächer, wir benötigen eine Taschenlampe oder Feuer.«

Sie suchte und fand ein Feuerzeug. Es war zwar keine Taschenlampe, aber es sollte dennoch ein wenig Licht ins dunkle bringen.

»Dann wollen wir mal sehen, was sich hinter Tor eins befindet.«

Sie gingen die feuchten, steinigen Stufen hinab und es wurde immer Dunkler. Marie zündete das Feuerzeug an. Es war ein Benzinfeuerzeug und zuvor hatte sie den Docht ein wenig weiter herausgezogen, damit die Flamme größer wurde. Knapp zwei Meter weit strahlte das Licht des Feuers, ausreichend um nicht über etwas zu stolpern, was sie nicht sahen.

Der Gang ähnelte denen in Burgen, die hinab zu den Verließen führten. Alt, grau und die Decke, die gerade so hoch war, dass Joe seine Haare sie streifte, war gewölbt. Es ging immer tiefer, Marie klammerte sich an Joes Arm und sah ihn einige male Ängstlich an. Es war ganz wie in Dracula. Auch dort folgten neugierige Menschen den geheimen Gang, der zu Draculas Gruft führte und kamen nie lebendig heraus.

*Was würden sie dort unten finden*, fragte sich Joe.

»Bleib stehen.«, flüsterte er. »Hast du das auch gehört?«

Beide lauschten.

»Also ich höre nichts.«

»Vielleicht habe ich mir das nur eingebildet. Lass uns weiter.«

Nach einigen Minuten und einigen hundert Stufen später, sahen sie Licht in der Ferne. Vorsichtig gingen sie weiter und löschten das Feuerzeug, als sie bis auf zwanzig Meter heran kamen.

Leise schlichen sie vorwärts, kamen ans Ende der Treppen und fanden Bastis Geheimlabor.

Er hatte hier alles, was er nur so benötigte. Rechts war ein leerer Käfig, in dem er wohl seine Versuchskaninchen festhielt. In der Mitte standen parallel zueinander zwei lange Labortische, auf dem seine Arbeitsmaterialen zu sehen waren. Es handelte sich dabei um Reagenzgläser und noch andere Glasbehältnisse, die alle miteinander verbunden waren.

An der hinteren Wand, weit rechts, stand ein Stuhl, der einem Zahnarztstuhl ziemlich ähnelte. Nur hatte dieser zwei Armlehnen mit Schnallen aus Leder, die zum fixieren dienten und zwei weitere am Fußende.

Links in der Ecke stand ein Tisch, mit einem sehr Neumodischen Computer und irgendwelchen Messgeräten daneben. Damit hielt er seine Testergebnisse Fest und führte Simulation durch. So dachte sich das zumindest Joe.

Und dann war da noch ein großes Regal auf der linken Seite. In diesem waren Gefäße mit irgendwelchen Substanzen drinnen.

Die beiden gingen näher heran und machten einen grausamen Fund. Auf Augenhöhe standen große, geschlossene Gläser, mit einer hellen Substanz und sie sahen etwas dort drinnen schwimmen, was sie fast zum kotzen brachte. Es waren fehlgeschlagene Kopien von Tanus.

»Er hat tatsächlich versucht ihn zu klonen. Ich glaube, es reicht ihm nicht nur die Insel und eins von seinen Biestern aus. Der will wohl eine ganze Armee erschaffen und mit Sicherheit einen Angriff starten. Wir müssen ihn irgendwie aufhalten, bevor er einen großen Fehler macht Marie.«

»Ja schon, aber wie.«

»Lass uns mal sehen, ob er irgendetwas wie Benzin oder ähnliches da hat.«

Neben zwei kleinen Gläsern mit der Aufschrift Salpetersäure, stand ein Blechbehälter mit Terpentin.

»Das ist es. Wir fackeln das Labor komplett ab. Ich verteile das Terpentin im Labor. Ich beginne am Computer und zünde es an. Den Rest wird das Feuer von ganz alleine machen. Wir müssen uns dann aber beeilen, ich weiß nicht was passiert, wenn das Feuer die Regale erreicht und die Behältnisse darin zerstört. Einige Mittel werden mit Sicherheit brennbar sein und wenn das der Fall ist, was ich hoffe, gibt es hier eine schöne Explosion. Wir werden also nur ein paar Minuten haben.«, erklärte Joe.

»Meinst du denn, dass die Zeit ausreicht, damit wir weitgenug weg kommen?«

»Doch, das schaffen wir. Gib mir das Feuerzeug Marie und schnappt dir die zwei Gläser mit der Salpetersäure«

»Wofür brauchst du die denn?«

»Siehst du vielleicht noch früh genug.«

»Und was ist mit dem Telefon? Wir haben noch immer keine Hilfe gerufen.«

»Stimmt, hätte ich beinahe vergessen. Lass uns mal genauer umsehen.«

Doch auch im Labor, wurden sie nicht fündig und die Frage blieb noch immer offen, wie kommuniziert er mit der Außenwelt. Wie hält Basti sich auf den Stand der Dinge. Eventuell ein mobiles Sattelitentelefon, dass er bei sich trägt?

Sie schminkten sich den Plan mit dem Telefon und der Hilfe ab. Sie müssten es alleine von hier weg schaffen und begannen mit der Zerstörung des Labors.

Joe schüttete die Hälfte des Terpentins über das Regal, dann ging er zum Computer, leerte den Kanister darüber und zündete das Benzinfeuerzeug an.

»Lauf los!«

Marie gehorchte, erklomm die ersten Stufen der Treppe und Joe schmiss voller Freude das Feuerzeug zum Computer.

Er hielt einen Sicherheitsabstand, da er noch nie solch ein Feuer entfacht hatte. Eine gigantische Flamme schoss zur Decke und Joe spürte die zerstörerische Kraft und die wahnsinnige Hitze des Feuers. Er starrte hinein und hätte man denken können, er sei pyromanisch veranlagt. Es sah aus, als würde er dem Feuer zuhören, Befehle annehmen und es wie eine Gottheit bewundern.

Aus dem Geheimgang schallten rufe.

»Joe! Komm wo bleibst du?«

»Joe! Los komm!«

Er schüttelte seinen Kopf, als würde er etwas los werden wollen und erschrak, als er wahrnahm, wie weit das Feuer sich bereit vorgearbeitet hatte.

»Ich bin unterwegs!«

Ohne weiter zu zögern, machte er sich daran, aus dem Labor zu kommen. Es dauerte nicht lange und er holte Marie ein, doch kamen sie nicht sehr schnell voran.

Joe vergaß, wie dunkel und feucht es war und das man sehr schnell hätte daneben treten können oder gar ausrutschen. Dennoch war er fest überzeugt, es würde von der Zeit her ausreichen.

Es waren nur noch einige Meter bis zum Ausgang und sie dachten, sie seinen außer Gefahr, selbst wenn jetzt die Explosion folgen sollte.

Doch es kam anders. Das Feuer brachte Behältnisse des Regals zum Platzen und es kam zur erwarteten Explosion. Joe und Marie blieben vor Schreck stehen und drehten sich um. Sie spürten, wie die Wende und die Treppe vibrierten und ahnten böses.

Es gab einen Ohrenbetäubenden Knall, der sie nach kürzester Zeit erreichte und sie in die Knie zwang. Joe blickte nach unten und sah weit entfernt ein helles Licht immer näher kommend. Eine Feuerwelle arbeitete sich Meter für Meter in einem Eiltempo heran. Joe vergaß, dass es dort unten keine Fenster gab und musste zusehen, wie das Feuer nach der Explosion, regelrecht durch den Gang herausgezogen wurde.

Aus Gewohnheit sprintete er los, ergriff dabei Marie ihren Arm und zerrte sie aus dem Tunnel. Das Feuer kam immer näher und näher. Er schupste Marie nach rechts auf dem Boden, als sie den Tunnel verließen und warf sich zum Schutz auf sie.

Im selben Augenblick schoss die Feuerwelle heraus und sie spürten die Hitze und deren verlangen zu fressen. Das Feuer entfachte nun auch das Zimmer von Basti, noch nicht schlimm, aber es würde sich rasend ausbreiten. Glücklicherweise geschah den beiden nichts, bis auf ein paar angesengte Haare bei Joe, war alles in bester Ordnung.

»Komm ... steh auf Marie, wir müssen hier schleunigst verschwinden!«

Er half ihr beim aufstehen und sie verließen das Zimmer, blieben kurz auf dem Flur stehen und sahen ein letztes Mal zurück.

Teile der Decke und die Gardinen standen in Flammen, diese schlangen nach Nahrung und breiteten sich rasant aus, als würde es kein Morgen geben.

Auf einmal sah Joe etwas, was ihm ganz und gar nicht gefiel.

Er sah in Richtung Fenster, durch die Flammen und erblickte einen verschwommenen Schatten, wusste aber sofort um wen es sich handelte.

Diese Augen, so Angsteinflößend und tödlich.

»Joe … was ist los?«

Sie erkannte an seinem Blick, dass irgendwas nicht stimmte.

»Renn um dein Leben!«

Im selben Augenblick klirrte es.

Tanus sprang mit einem Satz durch das Fenster und riss dabei die halbe Wand weg, so groß und stark war er.

Joe folgte Marie, die bereits auf der Flucht war, den Flur entlang in Richtung Lobby.

Auf halben Weg krachte es erneut und Joe warf einen ängstlichen Blick nach hinten und sah Tanus, der die Tür um einiges verbreitete und nun auf demselben Flur stand, geduckt und angriffslustig. Er verstopfte mit seinem gigantischen Körper regelrecht den Flur und kam nur gemächlich voran.

Joe und Marie traten durch die Tür zur Lobby, schlossen sie und trauten ihren Augen nicht.

Jetzt hatten sie wirklich ein Problem. Hinter ihnen war Tanus und genau vor ihnen standen Bob und Jule.

Joe hielt seinen Arm vor Maries Brust und drückte siehinter sich. Dabei flüsterte er ihr etwas zu.

»Ahh … meine verlorenen Schafe! Ich habe auf euch gewartet und wie ich sehe, seid ihr nur noch zu zweit. Dann hat mein geliebter Tanus gute Arbeit geleistet. Das freut mich.« erklang die Stimme von Basti, der hoch oben auf der Wendeltreppe im dritten Stock stand.

»Ja, du blöder Hund und das werden wir auch bleiben und von hier verschwinden.«, rief Joe ihm hoch.

»Ach ja, glaubst du das wirklich. Ich denke nicht, wir haben noch einiges mit euch vor. Ihr braucht aber keine Angst haben, ich werde euch nicht an Tanus verfüttern, mein Plan sieht nun ganz anders aus. Wollt ihr hören, wie dieser aussieht?«

»Nein, du hast schon genug Müll geplappert!«, rief Marie aus dem Hintergrund.

»Na schön, ich werde es euch trotzdem erzählen. Ich werde euch in mein Labor mitnehmen, dort erhaltet ihr eine Injektion. Ihr denkt jetzt bestimmt an TB25. Aber nein, es ist was Neues. Besseres. Ihr seid meine neuen Versuchskaninchen, werdet noch stärker und …«

»Ich muss dich leider unterbrechen du Genie. Dein Labor ist komplett zerstört und das Hotel wird es auch bald nicht mehr geben. Wir haben es in die Luft gesprengt und das Feuer breitet sich immer weiter aus!« Bastis Augen wurden kleiner und er runzelte die Stirn. Diese Information machte ihn noch wütender, als er es schon war, dass sahen Joe und Marie.

»Ihr habt es gewagt, meine Jahre lange Arbeit zu zerstören. Wegen euch darf ich nun von vorne beginnen!? Das eine verspreche ich euch, dafür werdet ihr büßen und schmerzen erleiden. Bob! Jules! Schnappt sie euch!«

Sie stürmten auf Joe und Marie los. Im selben Augenblick griff Joe nach hinten packte ein Glas mit der Salpetersäure, die Marie bereits hinter Joe geöffnet hatte und schüttete es mit einem Schwung in die Gesichter der Angreifer.

Bob und Jules rissen sofort ihre Hände ins Gesicht, schrien höllisch auf und vielen zu Boden. Sie krümmten und rollten sich vor Schmerzen und hörten nicht mehr auf zu schreien.

Es krachte hinter Joe und Marie. Es war Tanus, der so gut wie vor der Tür war. Ohne weiter nachzudenken, rannten sie zum Ausgang des Hotels.

»Was habt ihr mit ihnen gemacht? Das werdet ihr mir büßen. Ihr kommt mir nicht so leicht davon. Ich werde euch an Tanus verfüttern, Stück für Stück!«

Ohne Basti zu beachten, verließen Joe und Marie das Hotel und liefen zum Bus. Sie sollten Glück haben, denn als sie Einstiegen, stellten sie fest, dass sogar der Schlüssel steckte. Marie nahm hinter Joe Platz. Sie wollte so dicht wie Möglich bei ihm sein.

»So intelligent kann ja Basti gar nicht sein, wenn er den Schlüssel stecken lässt und uns eine Fahrt in die Freiheit schenkt.«, sagte Joe.

»Da ist was dran. Aber noch sind wir hier. Wer weiß, was noch so auf uns zu kommt. Fahr lieber los, bevor Tanus raus kommt.«

Er drehte den Zündschlüssel, aber der Bus gab nur ein würgen von sich.

»Probier es noch mal Joe!«

Und noch mal drehte er den Schlüssel. Wieder nur würgen, aber diesmal hielt Joe den Schlüssel gedreht.

Das Würgen des Busses wurde immer schneller, bis er dann doch noch ansprang.

Mit einem kräftigen Atemzug, legte Joe den Gang ein, trat aufs Gas und fuhr zum Pfad, der zum Flughafen führte. Im Rückspiegel sah er, wie Rauch und Feuer aus dem Hotel peitschten.

»Lebe wohl Basti. Lebe wohl Tanus und Lebe wohl Hotel.«

Auch Marie sah sich das Specktakel an und Tränen schossen ihr in die Augen. Sie musste an all die Mitreisenden denken und an ihr tödliches Schicksal.

Joe und Marie verließen das Gelände mit dem Bus und folgten nun dem Pfad des Dschungels, der sie sicher zum Flugplatz führen sollte.

# 29.

Es war eine lange Fahrt vom Hotel zum Flugplatz. Joe gab noch mehr Gas, um so schnell wie möglich ans Ziel zu kommen. Es war nicht immer leicht, da der Pfad, wie sie bereits auf der Hinfahrt erleben mussten, ihre Tücken hatte.

Marie und Joe waren nun eine beträchtliche Zeit unterwegs und stießen auf die ersten Steine, die den Pfad schmückten. Nicht mehr lange und sie würden die Stelle erreichen, an der sie ihre Panne hatten.

Die Steine wurden immer größer und spitzer, so beschloss Joe langsamer zu fahren, um eine weitere Panne zu vermeiden, da sie zum einen keine Zeit hätten, den

Reifen zu wechseln und zum zweiten, gar keinen Ersatz-
reifen mehr besitzen und damit wäre dies ihr Ende.
Mit Sicherheit waren Tanus und Basti ihnen auf den
Fersen und würden Minute zu Minute an Entfernung gut
machen.
Hochkonzentriert, schaffte es Joe dennoch, heil den Ab-
schnitt zu durchfahren und konnte anschließend wieder
an Tempo zu legen.
Stunden vergingen, keine Gefahr war in Sicht und die
Hoffnung Pantok zu verlassen stieg.
    »So mein Engel, es dürfte nicht mehr weit sein.
Vielleicht noch …«
Bang. Mit einem lauten Knall, wurde Joe unterbrochen.
Nun geschah es doch, ein Reifen platzte und Joe hatte
Mühe, den Bus unter Kontrolle zu halten. Sie wurden
ordentlich durchgeschüttelt und Marie stieß sich einige
Male ihren Kopf.
Sie schrie, als sie sah, dass der Bus stark nach rechts
schlug, Haarscharf an einem Baum vorbei. Joe ging vom
Gas und ließ den Bus ausrollen. Noch immer hatte er
große Mühe, nicht in den nächsten Busch zu fahren und
gegen einen Baum zu prallen.
Erfolgreich kamen sie zum stehen und Maries Herz war
bis in ihre Schuhe gerutscht. Sie gab keinen laut mehr
von sich und saß nur perplex da, genau wie Joe. Sie
wussten, sie hatten richtig Schwein gehabt und das der
Bus dank Joe, nicht gegen den nächsten Baum fuhr. Sie
wären mit Gewissheit nicht heil aus ihm heraus-
gekommen.
Nach einigen Minuten Besinnung, sah Joe zu Marie.
    »Ist alles in Ordnung mit dir?
    »… Ja … ich denke schon.«

Sie fasste sich am Kopf, da sie mit voller Wucht gegen den Rahmen des Fensters geknallt war. Sie spürte etwas feuchtes, legte ihre Hand auf ihre Schenkel und sah ein wenig Blut, das an ihren Fingerspitzen klebte.

»Ich glaub, ich habe mir eine kleine Platzwunde eingefangen.«

»Lass mich mal sehen.«

Joe stand auf, nahm ihren Kopf zwischen seine Hände und drehte ihn ein wenig. Wie ein Affe, fummelte er an ihren Haaren herum, um Sicht auf Maries Kopfhaut zu bekommen. Er sah die Stelle und konnte Marie beruhigen.

»Es ist nicht schlimm. Das ist nur eine ganz kleine Wunde, die wird schnell trocknen und muss noch nicht mal genäht werden.«

Er drehte ihren Kopf wieder und sah ihr tief in die Augen.

»Du bist die bezauberndste Frau der Welt, weißt du das?«

Sie wurde ein bisschen rot, dankte Joe für das Kompliment und Küsste ihn. Es war ein sehr sinnlicher Kuss. Nachdem ihre Lippen sich wieder trennten, stand Joe auf.

»Lass uns nach Hause fliegen.«

»Nichts lieber als das, aber wer soll denn bitte fliegen? Wir etwa?«

»Es bleibt uns ja nichts anderes übrig. Zumindest versuchen sollten wir es.«

»Na gut, es kann ja eh nicht mehr schlimmer werden. Ob die uns bekommen und wir verfüttert werden oder wir beim Versuch zu fliehen sterben, ist dann eh unwichtig.«

Gemeinsam verließen sie den Bus und machten sich auf den Weg. Sie sollten nicht lange laufen. Nach gut zwanzig Minuten, kamen sie ans Ende des Pfades. Sie sprangen sofort in die Büsche und versteckten sich, als sie das Flugzeug sahen, dass von zwei Einheimischen bewacht wurde.

Die Einheimischen saßen nebeneinander auf zwei Kisten und spielten Karten auf einer weiteren Kiste, die schräg vor ihnen war. Neben ihnen lagen ihre griffbereiten Speere, die nur darauf warteten Joe und Marie zu durchbohren.

»Was machen wir jetzt Joe?«, fragte sie verärgert und ratlos. Sie hatte mittlerweile die Schnauze gestrichen voll.

Joe überlegte kurz.

»Wie heißt es so schön, Angriff ist die beste Verteidigung. Wir suchen uns zwei dicke Knüppel, schleichen uns von hinten heran und dann bekommen sie eines auf die Birne.«

Marie sah ihn misstrauische an.

*Ob das klappt,* fragte sie sich.

*Bislang funktionierte jeder Plan den Joe hatte, warum sollte dann dieser nicht funktionieren.*

»Also gut, ab ins letzte Gefecht.«

Sie schlichen sich außen herum durch die Büsche und suchten dabei ihre Waffen. Es sollte nicht schwer sein, einen geeigneten Knüppel zu finden, schließlich waren sie im Dschungel und es lagen genug von ihnen herum. Auf halben Weg wurden sie fündig und machten ein paar Schlagübungen, um im Richtigen Augenblick zu zuschlagen und ihre Feinde auszuschalten.

Joe gab ihr die letzten Instruktionen, wie sie sich anschleichen solle, wann sie anzugreifen hat und wo sie hinschlagen müsste, um die beiden Einheimischen Bewusstlos zu schlagen oder gar zu töten.

»Joe, ich weiß nicht ob ich das kann. Ich habe bisher noch nie Gewalt angewandt und schon gar nicht um jemanden zu töten.«

»Halt dir einfach nur vor Augen, was sie alles mit uns gemacht haben und mit unseren Freunden. Wie Tanus Chris verschlungen hat und sammel diese Wut. Dann wirst du es schaffen.«

Als sie am anderen Ende des Flugplatzes ankamen, schlichen sie sich ans Flugzeug heran. Ihr Adrenalin stieg und Marie begann zu zittern. Joe sah dies und versuchte sie ein wenig zu beruhigen. Sie musste die Situation, genau wie er auch, unter Kontrolle behalten und darf vor Aufregung die Übersicht nicht verlieren. Es könnte immer etwas Unvorhergesehenes passieren, wo sie schnell handel müssten.

Am Flugzeug angekommen, gab er Marie ein Zeichen, dass sie hier warten solle. Er legte sich auf den Bauch, kroch unter die Maschine und untersuchte die Situation. Noch immer waren die zwei Einheimisch am spielen und hatten nicht die leiseste Ahnung, was gleich auf sie zu kommen würde.

Joe kroch zurück.

»Also, du gehst gleich vorne um die Maschine herum und lenkst die beiden ab. Ich werde mich von der anderen Seite heranschleichen und sie ausschalten.«

»Aber was soll ich den genau tun?«

»Dir wird schon was einfallen, die dürfen sich nur auf keinen Fall umdrehen, bevor ich nicht nahe genug dran bin. Sie werden ihre Speere in der Hand haben. Diese besitzen eine große Reichweite, also halt dich ein bisschen fern von ihnen.«

Marie hatte Angst und Joe sah das auch. Nur war dies ihre einzige Chance, von diesem ganzen Horror zu fliehen.

»Du schaffst das schon. Ich glaub fest an dich.«

Sie nickte zustimmend zu und machte sich selber Mut. Sie erinnerte sich an Joes tipp und dachte an ihre Freunde und an die Geschehnisse, die ihnen allen wiederfahren waren.

In ihr brodelte es wie ein Vulkan und am liebsten würde sie nun auf die beiden zustürmen, immer und immer wieder auf sie einschlagen, bis sie sich nicht mehr rührten. Sie konnte sich aber zügeln und hielt sich an den Plan.

»Geh jetzt los und sei vorsichtig.«

Marie ging los, an der Front des Flugzeugs entlang, bis zur anderen Seite und blieb stehen.

Die zwei Einheimischen sprangen sofort auf, als sie Marie sahen, griffen wie erwartet nach ihren Speeren und schrien Marie an. Sie verstand zwar nicht, was sie sagten, wusste aber, dass sie die Ruhe bewahren musste. Es lege in ihren Händen, ob sie und Joe von dieser Insel verschwinden würden oder nicht.

Die Einheimischen waren aufgebracht und wollten gerade auf Marie los stürmen, als sie dann schrie.

»Halt! Wartet! Ich werde mich ergeben, aber zuvor muss ich euch was erzählen, etwas von sehr großer Bedeutung.«

Marie hoffte, das sie sie verstehen würden und hatte Glück, einer von ihnen verstand sie.

»Wieso sollen wir zuhören? Was sollen uns abhalten, dich nicht zu töten.

Marie sah Joe, wie dieser sich vorsichtig heran schlich. Er kam immer näher und war kurz davor anzugreifen.

»Ganz einfach, wie ihr sicher bemerkt habt, bin ich alleine. Ihr fragt euch sicher, wo mein Freund geblieben ist? Ich könnte es euch gerne sagen, wenn ihr Interesse habt?«

»Nein haben nich. Wir dich hier und jetzt erledigen und Freund später, wird Tanus kümmern. Sag letzte Worte und lass Knüppel fallen, den versuchst zu verstecken hinter Rücken und genieße letzte Atemzüge.

»Das solltet lieber ihr machen.«

»Was?«

Sie grinste und blickte an den Einheimischen vorbei zu Joe. Er holte aus und schlug mit aller Kraft, auf den Hinterkopf des zweiten Inselbewohners. Mit einem lauten knacken, brach dessen Kopf. Blut rann sofort aus dem Loch im Schädel und der Körper des Mannes sackte wie ein Sack Kartoffeln zusammen.

Im selben Augenblick drehte sich der andere Mann, mit dem sich Marie unterhielt um und wollt gerade mit seinem Speer zustechen, als auch dieser mit einem tödlichen Schlag zu Boden sackte. Marie war so wütend und traurig zugleich, dass sie nach ihrem ersten Schlag in eine Art rausch geriet und immer wieder auf die toten Inselbewohner einschlug.

Immer mehr Blut klebte an ihrem Knüppel und flog durch die Luft.

Joe flitzte zu ihr hinüber und riss sie von den Leichen fort. Sie wehrte sich, strampelte und schlug um sich.

»Ihr Schweine! Ihr widerlichen Penner! Lass mich …«

»Beruhige dich wieder. Sie sind tot. Sie können niemanden mehr was anhaben.«

Weinend wie ein kleines Kind, hörte sie auf und lies sich in Joes Arm fallen. Sie umklammerte ihn, weinte und schluchzte. Ihre ganzen Gefühle, die Angst, die Trauer und die Wut, kamen aus ihr heraus. Bis zu diesem Zeitpunkt, hatte sie sie noch völlig unter Kontrolle gehabt. Nachdem sie sich beruhigt hatte, küsste Joe sie auf die Stirn.

»Du hast das gut gemacht. Jetzt können wir endlich von hier verschwinden. Niemand wird uns mehr was anhaben können und sobald wir zuhause sind, werden wir zur Polizei gehen und es denen melden. Basti, Tanus und der restliche Verein, werden ihre Bestrafung bekommen. Nie wieder werden sie jemandem was antun.«

»Joe, ich liebe dich. Ich will nie wieder von deiner Seite weichen. Du bist das Beste, was mir je geschehen ist.«

»Es geht mir genauso Marie. Ich liebe dich auch. Lass uns nach Hause.«

»Ok.«

Hand in Hand gingen sie zum Einstieg des Flugzeugs. Joe zog an einem Hebel, der die Tür öffnete und eine Treppe herausfiel. Glücklich und am Ende ihrer Kräfte, stiegen sie in das Flugzeug, setzten sich ins Cockpit und machten sich daran, sich einen Überblick über die Instrumente zu verschaffen. Es waren nicht sehr viele, dennoch ausreichend, dass ihr Start in die Freiheit noch einige Minuten dauern sollte.

# 30.

Es war soweit. Joe hatte sich die Konsole mit den Knöpfen und Lampen einigermaßen angeeignet und startete die Motoren. Sie liefen schleppend an, aber sie liefen. Immer schneller rotierten die Propeller und Joe gab Gas. Die Maschine begann zu rollen und er lenkte sie nach links, soweit, dass er sie komplett gewendet hatte und sie beide die lange, sandige Bahn vor Augen hatten.

Nun gab er Vollgas und das Flugzeug gewann enorm an Geschwindigkeit.

Sie hatten gerade so die Hälfte ihres Tempos erreicht, die sie benötigten um abzuheben, als sie in einiger Entfernung Tanus aus dem Dschungel sprinten sahen, der genau auf die Flugbahn lief und dort stehen blieb.

»Scheiße, der fehlte mir noch! Nicht das ich genug damit zu tun habe, mich auf die Instrumente zu konzentrieren.«

Ängstlich schrie Marie.

»Joe, was machen wir jetzt? Ich will endlich nach Hause.«

»Halt das Glas mit der Säure gut fest. Ich werde voll draufhalten und Tanus zur Strecke bringen. Schnall dich an und halt dich gut fest.«

Tanus blieb eiskalt stehen und wartete regelrecht auf die Maschine. Es waren nur noch einige Meter.

Das Flugzeug hatte seine Startgeschwindigkeit fast erreicht und Joe hätte hochziehen können, tat er aber nicht.

Er wollte ihn mit der ganzen Kraft der Maschine erwischen und ihn zu Mus verarbeiten.

Doch leider klappte es nicht so, wie er sich das vorstellte. Er dachte, dass Tanus durch den Aufprall in Stücke gerissen würde und in Einzelteile durch die Luft fliegt. Aber es kam ganz anders. Es war so schlimm, dass Joe sich wünschte, er hätte es nicht getan, geschweige denn, daran gedacht.

Die Maschine stieß mit Tanus zusammen, der sich mit seiner ganzen Kraft dagegen stemmte. Joe und Marie wurden ordentlich durchgeschüttelt. Die Gurte rissen und die Körper der beiden, flogen regelrecht durchs Cockpit. Marie wurde durch das Frontfenster hinausgeschleudert.

Es war ein heftiger Aufprall mit Tanus. Fast so, als würde man mit einem Auto oder wie fast erlebt, mit einem Bus gegen einen Baum fahren und von hundert auf Null kommen. Einzelne Teile des Flugzeugs, verteilten sich über die Landebahn, einschließlich Marie, die gute vierzig Meter weit flog, bis sie auf den harten Sandboden aufschlug und nach diversen Überschlägen und Rollen regungslos da lag.

Joe hatte für gut zwei Minuten das Bewusstsein verloren und als er aufwachte, fand er sich auf dem Boden des Cockpits wieder. Er suchte sofort nach Marie, konnte sie aber nicht finden.

Er stand auf und sah aus den Löchern, in denen mal die Frontfenster der Maschinen saßen. In weiter Ferne sah er dann Marie.

»Marie!«, schrie er und stürmte zum Ausgang. Doch diese lies sich nicht öffnen. Das ganze Flugzeug hatte sich so verzogen, dass die Tür total verkantet war.

Joe stürmte zurück ins Cockpit und sah nur noch die Möglichkeit, durch das ehemalige Frontfenster zu klettern.

Mit einigen Problemen schaffte er es endlich hinaus und sprang hinunter. Als er auf dem Boden landete, viel ihm auf, dass die Maschine niedriger war als zuvor.

Joe sah nach hinten und fand den Grund dafür heraus. Die Räder waren wie Zahnstocher durchgebrochen und somit war der Vogel tiefer gelegt.

Die Maschine war völlig hinüber, bis auf den rechten Motor, der immer noch aktiv war und die Überreste des Propellers rotieren lies.

»Ja … danke lieber Gott! Wir haben ihn besiegt!«, schrie Joe plötzlich und blickte dabei in den Himmel.

Er fand Tanus, der unter dem Flugzeug lag. Er regte sich nicht und Joe nahm wirklich an, er sei tot. Aber dem war nicht so.

Joe sah, wie Tanus, der überall Platzwunden, risse und offene Wunden hatte, seinen Arm hob und versuchte, dass Flugzeug anzuheben.

»Oh nein Freundchen. Hier und jetzt findest du dein Ende.«

Joe suchte nach dem Glas mit der Säure, hatte zwar nicht die Hoffnung es heil wiederzufinden, aber suchte dennoch und wurde fündig. Es lag zehn Meter weit vor der Maschine unter einigen Trümmern und war zum Glück heil. Mit einem Glücksgefühl schnappte er sich das Glas und ging zu Tanus. Während dessen drehte er den Deckel des Glases auf und erblickte an Tanus seinem Kopf eine offene Stelle, in der Joe die Säure gießen konnte, um ein für alle mal, Schluss zu machen.

Tanus hatte sich sehr schwere Verletzungen zugezogen, unteranderem auch ein Loch im Kopf.

Angewidert sah Joe hinunter auf die Kreatur des Teufels, wie sie jämmerlich und wehrlos da lag.

Voller Genuss, goss Joe die Säure in den Kopf von Tanus. Unter Gebrüll, lauten schreien und zwecklosen versuchen sich zu befreien, zersetze die Säure ganz langsam das Hirn von Tanus.

Nach einigen Qualvollen Minuten war es aus. Die Bestie war besiegt und lag nun tot unter der Maschine, die eigentlich für die Heimreise für Joe und Marie gedacht war.

*Marie.*

Joe wandte sich ab und rannte zu Marie, kniete sich nieder und untersuchte sie panisch. Sie hatte sehr schwere Wunden erlitten, Brüche und innere Blutungen.

»Marie, wach auf … wach auf mein Schatz. Alles ist vorbei. Tanus ist besiegt und wir können nach Hause.« Er umklammerte ihren Oberkörper, stützte ihren Kopf und Küsste sie mehrere male.

»Na komm, steh auf. Wir müssen los, nach Hause. Alles wird gut, hörst du.«

Doch sie hörte nicht. Er hielt nur noch ihren leblosen Körper im Arm.

Sie starb bereits beim herausschleudern aus der Maschine, als sie mit dem Kopf gegen die Frontscheibe knallte.

Joe kauerte auf seinen Knien vor Marie, hielt sie fest im Arm und schaukelte sie wie ein kleines Baby. Er brach in Tränen aus und wollte es einfach nicht wahr haben.

»Marie! Um Gottes willen! Nein!«

Er kauerte noch viele Minuten bei ihr. Joe war am Boden zerstört und gab sich die Schuld an ihrem Tod.

*Hätte ich doch besser das blöde Flugzeug hochgezogen, dann würde sie noch leben und wir wären auf dem Heimweg.*

Er legte ihren Körper auf den Boden und sah sie trauernd an.

»Wir werden gemeinsam von hier verschwinden, so wie ich es dir versprochen haben.«

Joe hockte sich hin und gerade als er sie greifen wollte, um sie hoch zu heben und mit ihr zum Strand wollte, traf ihn ein tritt an der Brust. Joe viel nach hinten und landete auf dem Rücken. Er sah eine Fuß auf sein Gesicht zu kommen, rollte sich reflexartig nach rechts und raufte sich auf.

»Basti, ich hätte wissen müssen, dass du dich hier in der Nähe aufhältst.«

»Tja, hätte der Hund nicht geschissen, hätte er einen Hasen gefangen. Weist du eigentlich, wie stink sauer ich auf dich bin. Du hast mein ganzes Werk zerstört und mein Hotel. Ich habe Jahre lang dafür geschuftet, betrogen, gelogen und getötet und du machst mir alles kaputt. Ich werde dich dafür fertig machen. Nur zu schade um Marie, wir hätten bestimmt noch einigen Spaß miteinander gehabt.«

»Du Schwein!«

Joe stürmte auf Basti, der ihn mit einem gekonnten Ausweichmanöver ins Leere laufen ließ und mit einem tritt in den Hintern, Joe wieder zu Boden stieß.

Mit schnellen Schritten, ging er auf Joe zu und wurde ebenfalls durch einen tritt an den Beiden, als er Joe packen wollte, dem Boden näher gebracht.

Joe erhob sich und ging auf Basti los. Sie rangelten und einige Faustschläge beiderseits, trafen ihr Ziel und zeigten Wirkung.

Basti schubste Joe von sich und rappelte sich auf, was kurz darauf auch Joe tat.

Völlig außer Atem, standen sie sich gegenüber, wie bei einem Duell in einem alten Western film.

»So, wir haben lange genug miteinander gespielt. Ich werde dich nun töten.«, sagte Basti.

»Das glaubst auch nur du.«

Basti hatte sich das Ende bereits ausgemalt, als er den rotierenden Propeller hinter Joe erblickte. Joe hatte keine Ahnung, wie gefährlich nahe sie während des Kampfes an den rotierenden Propeller kamen, aber er konnte ihn im Hintergrund hören. Er wusste ganz genau, was Basti als nächstes vor hat und er würde es nicht einfach so zu lassen.

*Oh nein, so schnell wirst du mich nicht los. Einfach in den Propeller schupsen. Vergiss es.*

»Na komm schon oder ist dir die Puste ausgegangen Basti? Ich werde dich, genau wie deine hässliche Kreatur, ausschalten. Dein kleines Haustier war doch nur ein Witz, genau wie du. Na komm schon. Verpass mir doch eine wenn du kannst.«

Joes Worte zeigten Wirkung. Basti wurde glühend rot, wie ein Feuerlöscher. Sein Hirn musste sich vor Wut ausgeklinkt haben, ansonsten hätte Basti gewusst, was Joe vor hatte.

Basti rannte auf Joe los, packte ihm an den Hals und schmiss ihn um. Während des Fallens jedoch, winkelte Joe seine Beine an, positionierte sie an Bastis Hüfte, stieß ihn im Fallen ab und gab ihn somit einen Freiflug direkt in den rotierenden Propeller.

Mit einem brummen, dass sich wie ein Häcksler anhörte, der Äste zerkleinerte, wurde Basti in Stücke zerfetzt.

Blut und einzelne fetzen von ihm, wurden in einem Umfeld von fünfzehn Metern verteilt. Mal da ein Finger, mal dort ein Ohr. Völlig geschafft und einem Kreislaufzusammenbruch nahe, wurde Joe bewusstlos.

## 31.

Die Sonne strahle mit voller Kraft auf Joes und Maries Körper. Die Wellen des Meeres spielten ihre Musik und die Vögel sangen dazu.

Joe drehte sich nach links und sah Marie, wie sie in ihrem sexy Bikini dalag und sich sonnte. Sie bemerkte seine blicke.

»Was ist denn Joe? Hast du etwas auf dem Herzen?«, fragte sie.

»Ja mein Engel. Ich möchte dir nur noch mal sagen, wie sehr ich dich liebe und dich nie wieder verlieren möchte. Du bist meine absolute Traumfrau.«

»Das ist süß von dir. Ich liebe dich auch mein Schatz.«
Sanft kletterte sie auf Joe, lehnte sich nach vorne und gab ihm einen zärtlichen Kuss. Dabei schlossen beide die Augen und vergaßen alles um sich herum. Es war ihnen egal, wie viele Menschen um sie herum lagen, wie

viele im Meer schwammen oder am Strand spielten. Es zählten nur noch sie.

Als Marie den Kuss beendete und sich wieder in die Sitzende Position bewegte, öffnete Joe seine Augen.

Er schrie vor Schreck und Todesangst.

»Was ist hier los!? Nein! Marie, was ist mit dir passiert.«

Joe betrachtete ihren Körper und wie sie auf ihm saß. Dieser war wunderschön, nur der dazugehörige Kopf war nicht ihrer, sondern der von Tanus.

»Das ist unmöglich. NEIN!«

Schweißgebadet wachte Joe mit dem Gesicht im Sand auf. Er setze sich Blitzartig hin und schaute sich um. Hinter ihm war die Maschine, darunter lag Tanus und überall war Blut und einzelne Teile von Bastis Über-resten, lagen verteilt auf der Flugbahn und auf der Maschine.

Sein Blick viel nach hinten und da lag Marie, immer noch tot und sie trug keinen Bikini.

*Es war nur ein Traum, ein Gottverdammter Alptraum*

Joe hielt es hier keine Sekunde länger mehr aus. Er stand auf, ging zu Marie und hob sie auf.

Im Arm tragend, machte er sich unter Tränen auf den Weg zum Meer.

Er konnte sich daran erinnern, als sie auf Pantok an-kamen, dass sie zuvor eine kleine Bucht überflogen. Dort sah er auch kleine Boote und das war sein Ziel. Er wusste ganz genau, wo die Bucht lag und in welche Richtung er gehen musste. Was auch nicht schwer war, da sie direkt nach dem sie die Bucht überflogen, in den Landeanflug gingen, ohne irgendeine Schleife zu fliegen oder die Richtung zu ändern.

Maximal zwanzig Minuten Fußmarsch schätzte Joe.
Mit Marie auf dem Arm und der Hoffnung im Herzen,
dass sie endlich die Insel verlassen konnten, verließ er
den Flugplatz, bahnte sich den Weg durch den
Dschungelabschnitt und kam nach kurzer Zeit, tatsäch-
lich an der Bucht an. Dort war niemand zusehen und
noch immer lagen zwei Boote am Strand.
Er schlendernd den Strand entlang und betrachtete die
Boote von nahen. Es war ausreichend Platz.
Er legte Marie hinein, schob das Boot mit aller Kraft ins
Wasser und sprang hinterher. Mit dem Rücken zum
Meer und der Sicht auf die Insel, Paddelte er ab in die
Freiheit.
Wütend, Traurig und zu gleich Glücklich, wobei die
Traurigkeit dominierte, sah er Pantok hinterher, wie sich
die Insel von Minute zu Minute immer weiter entfernte.
Als Joe mit Marie im Boot, einige hundert Meter auf
dem offenen Meer war und die Insel immer kleiner
wurde, hörte er auf zu paddeln und ließ sich von der
Strömung treiben, um Kraft zu tanken und um erstmal
alles zu verarbeiten. Er hatte die letzten Tage eine
Menge erlebt. Schöne wie grausame Dinge, die sein
Leben veränderten.
Joe Miller, der einzige überlebende von Pantok, die Insel
des Grauens.
Mit traurigen Augen sah er noch mal Marie an und
träumte vor sich hin, als plötzlich das Boot an irgendetwas stieß und anfing zu schaukeln. Sofort klammerte
er sich fest und sah panisch umher. Doch nichts war zu
sehen.
*Ob das ein Felsen oder ähnliches war*, fragte er sich.

Und ein weiterer dröhnender Schlag, brachte das Boot erneut zum Schaukeln. Diesmal war es schlimmer, fast wäre Joe aus dem Boot ins Wasser gefallen.

»Verdammt, was ist das?«

Er musste plötzlich an den Weißen Hai denken.

Die Situation beruhigte sich und es wurde wieder still.

*Es war bestimmt nur ein Felsen, ganz sicher sogar.*

Joe ließ das Boot wieder los und schnaufte. Aber was er nicht wusste, es war nur die Ruhe vor dem Sturm.

Ohne Vorwarnung, sprang etwas Kolossales aus dem Wasser, übers Boot hinweg und riss Joe mit sich. Es zog ihn in die Tiefe und trotz seiner Bemühungen, sich durch strampeln und Tritte zu befreien, kam er nicht los.

Allmählich ging ihm die Luft aus und das helle Licht der Sonne, dass durch die Wasseroberfläche brach, wurde immer dunkler. Joe blickte zu seinem Fuß, um festzustellen, was ihn hinunter riss.

Er konnte es nicht glauben. Das war doch unmöglich.

Joe sah eine gewaltige behaarte Hand mit Krallen, die seinen kompletten Fuß und einen Teil seiner Wade umschlang.

*Tanus. Aber wie …*

Noch bevor er seine Gedanken zu Ende bringen konnte, wurde ihm schwarz vor Augen und verschwand Bewusstlos in den Tiefen des Meeres.

## 32.

Mit großen Zügen, rang Joe nach Luft. Er öffnete seine Augen und war verwirrter, als er es je gewesen war.
Joe lag auf dem Gehweg, kurz vor seiner Eingangstür.
Unter ihm seine Tüten mit den Einkäufen und einer Beule am Kopf.
»Wie, was, warum? Das kann doch gar nicht sein.«
Nach einer Zeit der Ratlosigkeit, kam Joe zu dem Entschluss, dass alles nur ein Träum gewesen sein konnte.
Keine Insel Pantok, kein Basti und vor allem kein Tanus.
Aber das bedeutete auch, keine Marie und auch das sie nicht tot war oder gar existiert.
Er war nie fort aus Delmenhorst. Er erinnerte sich noch genau an den Sturz und wie er versuchte sich abzustützen.
*Joe alter Junge, du hast ganz schön einen abbekommen, wenn du so was irres Träumst.*
Erleichter und zugleich verwirrt, stand Joe auf, taumelte zur Eingangstür, schloss sie auf und ging in seine Wohnung.
Er machte sich als aller erstes daran, seine Einkäufe zu überprüfen.
Bereits beim ersten Griff in die Tüte, stellte er fest, dass irgendetwas kaputt sein musste. Zwischen seinen Fingern, glitt irgendetwas Feuchtes, Glitschiges.
Er zog seine Hand heraus und sah … .
»Irgendwie habe ich gerade ein Déjà-vu. Was ist bloß los mit mir.«

Noch bevor er sich die Frage beantworten konnte, klingelte es an der Haustür. Er erschrak, ging mit verschmierten Fingern zur Tür, nahm den Hörer der Gegensprechanlage und fragte wer da sei. Doch es folgte keine Antwort.

Er hing den Hörer auf und sah durch den Türspion. Es war niemand zu sehen.

Ihm wurde ganz komisch im Bauch. Es war genau wie in seinem Traum.

»Ich bitte dich lieber Gott, lass jemanden im Hausflur stehen, aber ohne Paket.«

Joe nahm seinen ganzen Mut zusammen, öffnete die Tür und ging hinaus. Es war keiner zu sehen. Joe ahnte böses.

Mit zugekniffenden Augen, drehte er sich um, schluckte kräftig und schlug ruckartig seine Augen auf.

*Ein Paket.*

Ohne es weiter zu beachten, rannte er in seine Wohnung, schloss die Tür, sprang in sein Bett und versteckte sich unter seiner Decke.

»Nein Joe, du träumst immer noch. Wach auf! Es kann unmöglich wahr sein. Wie soll das gehen.«

Ängstlich wie ein kleines Kind, lag er Minuten unter seiner Decke und machte sich Gedanken.

Dann schlug er mutig die Decke auf, hatte einen entschlossenen Blick und sprach zu sich selber.

»Vielleicht ist es ja gar nicht das, wofür ich es halte … und wenn doch? … dann kann ich Basti zuvor kommen und die anderen Retten. Ich kann die Liebe meines Lebens finden und retten. Jawohl, sollten in dem Paket tatsächlich ein Anschreiben und ein Ticket sein, dann heißt es Basti, ich komme und werde dich und deine

Bestie erledigen und mir meine Frau holen. Jawohl, ich werde mich vorbereiten, dass werde ich.«
Joe ging in den Flur, nahm sich das Paket, setzte sich ins Wohnzimmer und kontrollierte den Inhalt des Paketes.
Er gewann eine Reise auf die Insel Pantok.

# Nachwort

Ich hoffe es hat Ihnen gefallen. Wie bereits erwähnt,
waren dies meine ersten Schritte.

Gerne können sie mir auch Ihre Meinung über mein
Buch schreiben oder auf Fehler hinweisen.
Auch Korrekturvorschläge finden bei mir gehör.

Vielen Dank

Stephan Timmermann
Stephan_timmermann@yahoo.de